名家散文
必讀系列

U0108929

魯迅

魯迅 著

中華教育

目錄

阿長 [①] 與 《山海經》 [②]

導讀

　　《阿長與〈山海經〉》最初發表於 1926 年 3 月 25 日《莽原》半月刊第一卷第六期，副題《舊事重提之二》，後來被收入散文集《朝花夕拾》。

　　阿長是魯迅先生小時候的保姆，是舊社會裏的一個普通農婦。文中沒有寫到的阿長的結局是：在一次看戲途中，阿長癲癇病發作，死在船中。《山海經》的主要內容是我國民間傳說中的地理知識，還保存了不少上古時代流傳下來的神話故事。阿長為「我」買的是繪圖本的《山海經》，裏面有：人面的獸，九頭的蛇，三腳的鳥，生着翅膀的人，沒有頭而以兩乳當作眼睛的怪物⋯⋯

　　《阿長與〈山海經〉》是典型的「閒話風」散文，筆調親切，平和，如話家常，就像與好友促膝談心一樣，娓娓道來，這篇散文展現了魯迅先生心靈世界中最為柔和的一面。

　　作為一篇寫人的回憶散文，《阿長與〈山海經〉》以「我」對阿長的感情變化為中心線索，運用白描手法，通過豐富生動的日

---

① 阿長，魯迅幼時家中女工，也稱「長媽媽」。

② 《山海經》，中國古代地理著作，書中保存了大量上古神話和傳說故事。

常生活細節，塑造了阿長可親可敬的感人形象。起先，「我」實在不大佩服阿長，因為她總喜歡切切察察，向人們低聲絮說，夏夜她常伸開手腳，佔領全牀，在牀中間擺成一個「大」字，擠得「我」無處翻身；她還有滿肚子麻煩的禮節，比如元旦的古怪儀式：一大早就讓「我」吃冰冷的福橘，等等。但是，聽阿長講了「長毛」的故事之後，「我」從此就對她有了特別的敬意。再後來，她為「我」買來繪圖的《山海經》，又使「我」發生新的敬意，知道她確有偉大的神力了。

《阿長與〈山海經〉》是一篇温馨的作品，作者的敍事語調是幽默輕鬆的，充滿了脈脈溫情。阿長對於「我」，有發自天性的質樸的愛，正因為有了這種溫暖和愛，「別人不肯做，或不能做的事，她卻能做成功」。

長媽媽，已經說過，是一個一向帶領着我的女工，說得闊氣一點，就是我的保姆。我的母親和許多別的人都這樣稱呼她，似乎略帶些客氣的意思。只有祖母叫她阿長。我平時叫她「阿媽」，連「長」字也不帶；但到憎惡她的時候，——例如知道了謀死我那隱鼠的卻是她的時候，就叫她阿長。

　　我們那裏沒有姓長的；她生得黃胖而矮，「長」也不是形容詞。又不是她的名字，記得她自己說過，她的名字是叫作甚麼姑娘的。甚麼姑娘，我現在已經忘卻了，總之不是長姑娘；也終於不知道她姓甚麼。記得她也曾告訴過我這個名稱的來歷：先前的先前，我家有一個女工，身材生得很高大，這就是真阿長。後來她回去了，我那甚麼姑娘才來補她的缺，然而大家因為叫慣了，沒有再改口，於是她從此也就成為長媽媽了。

　　雖然背地裏說人長短不是好事情，但倘使要我說句真心話，我可只得說：我實在不大佩服她。最討厭的是常喜歡切切察察③，向人們低聲絮說些甚麼事，還豎起第二個手指，在空中上下搖動，或者點着對手或自己的鼻尖。我的家裏一有些小風波，不知怎的我總疑心和這「切切察察」有些關係。又不許我走動，拔一株草，翻一塊石頭，就說我頑皮，要告訴我的母親去了。一到夏天，睡覺時她又伸開兩腳兩手，在牀中間擺成一個「大」字，擠得我沒有餘地翻身，久睡在一角的席子上，又已經烤得那麼熱。推她呢，不動；叫她呢，也不聞。

③　切切察察，形容愛說閒話的神態。

「長媽媽生得那麼胖，一定很怕熱罷？晚上的睡相，怕不見得很好罷？……」

母親聽到我多回訴苦之後，曾經這樣地問過她。我也知道這意思是要她多給我一些空席。她不開口。但到夜裏，我熱得醒來的時候，卻仍然看見滿牀擺着一個「大」字，一條臂膊還擱在我的頸子上。我想，這實在是無法可想了。

但是她懂得許多規矩；這些規矩，也大概是我所不耐煩的。一年中最高興的時節，自然要數除夕了。辭歲之後，從長輩得到壓歲錢，紅紙包着，放在枕邊，只要過一宵，便可以隨意使用。睡在枕上，看着紅包，想到明天買來的小鼓，刀槍，泥人，糖菩薩……然而她進來，又將一個福橘放在牀頭了。

「哥兒，你牢牢記住！」她極其鄭重地說，「明天是正月初一，清早一睜開眼睛，第一句話就得對我說：『阿媽，恭喜恭喜！』記得麼？你要記着，這是一年的運氣的事情。不許說別的話！說過之後，還得吃一點福橘。」她又拿起那橘子來在我的眼前搖了兩搖，「那麼，一年到頭，順順流流④……」

夢裏也記得元旦⑤的，第二天醒得特別早，一醒，就要坐起來。她卻立刻伸出臂膊，一把將我按住。我驚異地看她時，只見她惶急地看着我。

她又有所要求似的，搖着我的肩。我忽而記得了——

---

④　順順流流，同「順順溜溜」。

⑤　元旦，即大年初一。

「阿媽，恭喜……」

「恭喜恭喜！大家恭喜！真聰明！恭喜恭喜！」她於是十分喜歡似的，笑將起來，同時將一點冰冷的東西，塞在我的嘴裏。我大吃一驚之後，也就忽而記得，這就是所謂福橘，元旦闢頭的磨難，總算已經受完，可以下牀玩耍去了。

她教給我的道理還很多，例如說人死了，不該說死掉，必須說「老掉了」；死了人，生了孩子的屋子裏，不應該走進去；飯粒落在地上，必須揀起來，最好是吃下去；曬褲子用的竹竿底下，是萬不可鑽過去的……此外，現在大抵忘卻了，只有元旦的古怪儀式記得最清楚。總之：都是些煩瑣之至，至今想起來還覺得非常麻煩的事情。

然而我有一時也對她發生過空前的敬意。她常常對我講「長毛」。她之所謂「長毛」者，不但洪秀全軍，似乎連後來一切土匪強盜都在內，但除卻革命黨，因為那時還沒有。她說得長毛非常可怕，他們的話就聽不懂。她說先前長毛進城的時候，我家全都逃到海邊去了，只留一個門房和年老的煮飯老媽子看家。後來長毛果然進門來了，那老媽子便叫他們「大王」，——據說對長毛就應該這樣叫，——訴說自己的飢餓。長毛笑道：「那麼，這東西就給你吃了罷！」將一個圓圓的東西擲了過來，還帶着一條小辮子，正是那門房的頭。煮飯老媽子從此就駭破了膽，後來一提起，還是立刻面如土色，自己輕輕地拍着胸脯道：「阿呀，駭死我了，駭死我了……」

我那時似乎倒並不怕，因為我覺得這些事和我毫不相干的，我不是一個門房。但她大概也即覺到了，說道：「像你

似的小孩子，長毛也要擄的，擄去做小長毛。還有好看的姑娘，也要擄。」

「那麼，你是不要緊的。」我以為她一定最安全了，既不做門房，又不是小孩子，也生得不好看，況且頸子上還有許多灸瘡疤。

「那裏的話?!」她嚴肅地説。「我們就沒有用麼？我們也要被擄去。城外有兵來攻的時候，長毛就叫我們脱下褲子，一排一排地站在城牆上，外面的大炮就放不出來；再要放，就炸了！」

這實在是出於我意想之外的，不能不驚異。我一向只以為她滿肚子是麻煩的禮節罷了，卻不料她還有這樣偉大的神力。從此對於她就有了特別的敬意，似乎實在深不可測；夜間的伸開手腳，佔領全牀，那當然是情有可原的了，倒應該我退讓。

這種敬意，雖然也逐漸淡薄起來，但完全消失，大概是在知道她謀害了我的隱鼠之後。那時就極嚴重地詰問，而且當面叫她阿長。我想我又不真做小長毛，不去攻城，也不放炮，更不怕炮炸，我懼憚她甚麼呢！

但當我哀悼隱鼠，給牠復仇的時候，一面又在渴慕着繪圖的《山海經》了。這渴慕是從一個遠房的叔祖惹起來的。他是一個胖胖的，和藹的老人，愛種一點花木，如珠蘭，茉莉之類，還有極其少見的，據説從北邊帶回去的馬纓花。他的太太卻正相反，甚麼也莫名其妙，曾將曬衣服的竹竿擱在珠蘭的枝條上，枝折了，還要憤憤地咒罵道：「死屍！」這老人是個寂寞者，因為無人可談，就很愛和孩子們往來，有時

簡直稱我們為「小友」。在我們聚族而居的宅子裏，只有他書多，而且特別。制藝和試帖詩，自然也是有的；但我卻只在他的書齋裏，看見過陸璣的《毛詩草木鳥獸蟲魚疏》，還有許多名目很生的書籍。我那時最愛看的是《花鏡》，上面有許多圖。他說給我聽，曾經有過一部繪圖的《山海經》，畫着人面的獸，九頭的蛇，三腳的鳥，生着翅膀的人，沒有頭而以兩乳當作眼睛的怪物，……可惜現在不知道放在那裏⑥了。

我很願意看看這樣的圖畫，但不好意思力逼他去尋找，他是很疏懶的。問別人呢，誰也不肯真實地回答我。壓歲錢還有幾百文，買罷，又沒有好機會。有書買的大街離我家遠得很，我一年中只能在正月間去玩一趟，那時候，兩家書店都緊緊地關着門。

玩的時候倒是沒有甚麼的，但一坐下，我就記得繪圖的《山海經》。

大概是太過於念念不忘了，連阿長也來問《山海經》是怎麼一回事。這是我向來沒有和她說過的，我知道她並非學者，說了也無益；但既然來問，也就都對她說了。

過了十多天，或者一個月罷，我還很記得，是她告假回家以後的四五天，她穿着新的藍布衫回來了，一見面，就將一包書遞給我，高興地說道：

「哥兒，有畫兒的『三哼經』，我給你買來了！」

我似乎遇着了一個霹靂，全體都震悚起來；趕緊去接過

⑥　那裏，同「哪裏」。

來，打開紙包，是四本小小的書，略略一翻，人面的獸，九頭的蛇⋯⋯果然都在內。

這又使我發生新的敬意了，別人不肯做，或不能做的事，她卻能夠做成功。她確有偉大的神力。謀害隱鼠的怨恨，從此完全消滅了。

這四本書，乃是我最初得到，最為心愛的寶書。

書的模樣，到現在還在眼前。可是從還在眼前的模樣來說，卻是一部刻印都十分粗拙的本子。紙張很黃；圖像也很壞，甚至於幾乎全用直線湊合，連動物的眼睛也都是長方形的。但那是我最為心愛的寶書，看起來，確是人面的獸；九頭的蛇；一腳的牛；袋子似的帝江；沒有頭而「以乳為目，以臍為口」，還要「執干戚而舞」的刑天。

此後我就更其搜集繪圖的書，於是有了石印的《爾雅音圖》和《毛詩品物圖考》，又有了《點石齋叢畫》和《詩畫舫》。《山海經》也另買了一部石印的，每卷都有圖贊，綠色的畫，字是紅的，比那木刻的精緻得多了。這一部直到前年還在，是縮印的郝懿行疏。木刻的卻已經記不清是甚麼時候失掉了。

我的保姆，長媽媽即阿長，辭了這人世，大概也有了三十年了罷。我終於不知道她的姓名，她的經歷；僅知道有一個過繼的兒子，她大約是青年守寡的孤孀。

仁厚黑暗的地母呵，願在你懷裏永安她的魂靈！

三月十日

五猖會 ①

導讀

　　1926 年，魯迅先生終於能「在紛擾中尋出一點閒靜來」，這時候，回憶從心裏出土了。回望童年與故鄉，魯迅先生從記憶中抄出十篇，後來以《朝花夕拾》為名結集出版的優美散文，《五猖會》就是其中的一篇。

　　《五猖會》最初發表於 1926 年 6 月 10 日《莽原》半月刊第一卷第十一期，副題為《舊事重提之四》。

　　《五猖會》回憶了作者小時候，有一次興致勃勃地準備去紹興東關看五猖會，被父親勒令背誦《鑒略》的痛苦往事。文章開頭寫到小時候等待迎神賽會的行列經過時，期盼和失望相交織的糾結心情；接着作者夢回明朝，寫到《陶庵夢憶》中豪奢繁盛的賽會；最後才集中筆墨，正面描寫那次因被父親要求背誦《鑒略》而變得索然無味的觀看五猖會的經歷。作者要寫的是「五猖會」，但他並不開門見山，直奔主題，而是旁徵博引，看似與主題無關，其實不然。正是由於有了前面對等待迎神賽會急切心情的描繪，才反襯出後來「水路中的風景，盒子裏的點心，以及到了東

---

① 五猖會，民俗，農曆五月初一進行的燒香、廟會活動，意在驅鬼祛邪，消凶化吉，據說五猖為邪惡之神。

關的五猖會的熱鬧，對於我似乎都沒有甚麼大意思」這一句話的沉痛。通過前後鮮明的對比，造成強烈的反差，這是鋪墊，也是烘雲托月。古人云：「文如看山不喜平。」如果只是單刀直入，平鋪直敍，就不會有這種跌宕起伏的心理效果了。

《五猖會》中引人注目的，還有作者對兒童世界的深刻理解力。魯迅先生曾說「孩子的世界，與成人截然不同」，兒童既不是成人的預備，也不是縮小的成人，「遊戲是兒童最正當的行為」，對於孩子愛美、愛玩的天性，應該細心呵護。《五猖會》中命令背誦《鑒略》的嚴厲專制的父親形象，從側面揭示了封建教育對兒童幼小心靈的戕害。

孩子們所盼望的，過年過節之外，大概要數迎神賽會的時候了。但我家的所在很偏僻，待到賽會的行列經過時，一定已在下午，儀仗之類，也減而又減，所剩的極其寥寥。往往伸着頸子等候多時，卻只見十幾個人抬着一個金臉或藍臉紅臉的神像匆匆地跑過去。於是，完了。

　　我常存着這樣的一個希望：這一次所見的賽會，比前一次繁盛些。可是結果總是一個「差不多」；也總是只留下一個紀念品，就是當神像還未抬過之前，化②一文錢買下的，用一點爛泥，一點顏色紙，一枝竹籤和兩三枝雞毛所做的，吹起來會發出一種刺耳的聲音的哨子，叫作「吹都都」的，吡吡地吹它兩三天。

　　現在看看《陶庵夢憶》③，覺得那時的賽會，真是豪奢極了，雖然明人的文章，怕難免有些誇大。因為禱雨而迎龍王，現在也還有的，但辦法卻已經很簡單，不過是十多人盤旋着一條龍，以及村童們扮些海鬼。那時卻還要扮故事，而且實在奇拔得可觀。他記扮《水滸傳》中人物云：「……於是分頭四出，尋黑矮漢，尋梢長大漢，尋頭陀，尋胖大和尚，尋茁壯婦人，尋妖長婦人，尋青面，尋歪頭，尋赤鬚，尋美髯，尋黑大漢，尋赤臉長鬚。大索城中；無，則之郭，之村，之山僻，之鄰府州縣。用重價聘之，得三十六人，梁山泊好漢，個個呵活，臻臻至至，人馬稱娖而行……」這樣的白描的活古人，誰能不動一看的雅興呢？可惜這種盛

---

②　化，同「花」。
③　《陶庵夢憶》，明末文人張岱所作，記述了明朝的各種繁華景象。

舉，早已和明社一同消滅了。

賽會雖然不像現在上海的旗袍，北京的談國事，為當局所禁止，然而婦孺們是不許看的，讀書人即所謂士子，也大抵不肯趕去看。只有遊手好閒的閒人，這才跑到廟前或衙門前去看熱鬧；我關於賽會的知識，多半是從他們的敍述上得來的，並非考據家所貴重的「眼學」。然而記得有一回，也親見過較盛的賽會。開首是一個孩子騎馬先來，稱為「塘報」；過了許久，「高照」到了，長竹竿揭起一條很長的旗，一個汗流浹背的胖大漢用兩手托着；他高興的時候，就肯將竿頭放在頭頂或牙齒上，甚而至於鼻尖。其次是所謂「高蹺」、「抬閣」、「馬頭」了；還有扮犯人的，紅衣枷鎖，內中也有孩子。我那時覺得這些都是有光榮的事業，與聞其事的即全是大有運氣的人，——大概羨慕他們的出風頭罷。我想，我為甚麼不生一場重病，使我的母親也好到廟裏去許下一個「扮犯人」的心願的呢？⋯⋯然而我到現在終於沒有和賽會發生關係過。

要到東關看五猖會去了。這是我兒時所罕逢的一件盛事。因為那會是全縣中最盛的會，東關又是離我家很遠的地方，出城還有六十多里水路，在那裏有兩座特別的廟。一是梅姑廟，就是《聊齋志異》所記，室女守節，死後成神，卻篡取別人的丈夫的④；現在神座上確塑着一對少年男女，眉開眼笑，殊與「禮教」有妨。其一便是五猖廟了，名目就奇特。據有考據癖的人說：這就是五通神。然而也並無確據。

————————

④ 這個典故出自《聊齋志異·金姑夫》。

神像是五個男人，也不見有甚麼猖獗之狀；後面列坐着五位太太，卻並不「分坐」，遠不及北京戲園裏界限之謹嚴。其實呢，這也是殊與「禮教」有妨的，——但他們既然是五猖，便也無法可想，而且自然也就「又作別論」了。

因為東關離城遠，大清早大家就起來。昨夜預定好的三道明瓦窗的大船，已經泊在河埠頭，船椅，飯菜，茶炊，點心盒子，都在陸續搬下去了。我笑着跳着，催他們要搬得快。忽然，工人的臉色很謹肅了，我知道有些蹊蹺，四面一看，父親就站在我背後。

「去拿你的書來。」他慢慢地説。

這所謂「書」，是指我開蒙時候所讀的《鑑略》，因為我再沒有第二本了。我們那裏上學的歲數是多揀單數的，所以這使我記住我其時是七歲。

我忐忑着，拿了書來了。他使我同坐在堂中央的桌子前，教我一句一句地讀下去。我擔着心，一句一句地讀下去。

兩句一行，大約讀了二三十行罷，他説：

「給我讀熟。背不出，就不准去看會。」

他説完，便站起來，走進房裏去了。

我似乎從頭上澆了一盆冷水。但是，有甚麼法子呢？自然是讀着，讀着，強記着，——而且要背出來。粵自盤古，生於太荒，首出御世，肇開混茫。就是這樣的書，我現在只記得前四句，別的都忘卻了；那時所強記的二三十行，自然也一齊忘卻在裏面了。記得那時聽人説，讀《鑑略》比讀《千字文》，《百家姓》有用得多，因為可以知道從古到今的大概。知道從古到今的大概，那當然是很好的，然而我一

字也不懂。「粵自盤古」就是「粵自盤古」，讀下去，記住它，「粵自盤古」呵！「生於太荒」呵！……

應用的物件已經搬完，家中由忙亂轉成靜肅了。朝陽照着西牆，天氣很清朗。母親，工人，長媽媽即阿長，都無法營救，只默默地靜候着我讀熟，而且背出來。在百靜中，我似乎頭裏要伸出許多鐵鉗，將甚麼「生於太荒」之流夾住；也聽到自己急急誦讀的聲音發着抖，彷彿深秋的蟋蟀，在夜中鳴叫似的。

他們都等候着；太陽也升得更高了。

我忽然似乎已經很有把握，便即站了起來，拿書走進父親的書房，一氣背將下去，夢似的就背完了。

「不錯。去罷。」父親點着頭，説。

大家同時活動起來，臉上都露出笑容，向河埠走去。工人將我高高地抱起，彷彿在祝賀我的成功一般，快步走在最前頭。

我卻並沒有他們那麼高興。開船以後，水路中的風景，盒子裏的點心，以及到了東關的五猖會的熱鬧，對於我似乎都沒有甚麼大意思。

直到現在，別的完全忘卻，不留一點痕跡了，只有背誦《鑒略》這一段，卻還分明如昨日事。

我至今一想起，還詫異我的父親何以要在那時候叫我來背書。

五月二十五日

從百草園到三味書屋

▌導讀

　　《從百草園到三味書屋》最初發表於 1926 年 10 月 10 日《莽原》半月刊第一卷第十九期，副題為《舊事重提之六》，後收入《朝花夕拾》。

　　《從百草園到三味書屋》全篇採用孩童的視角，通過對照描寫，呈現了百草園和三味書屋中玩耍和學習的不同場景。伴隨着作者的生動筆觸，我們彷彿夢回童年。

　　其實，百草園只是一個人跡罕至的荒園，卻被童年時代的作者稱為「我的樂園」。因為，這裏是色彩繽紛的植物世界：碧綠的菜畦，高大的皂莢樹，紫紅的桑椹 …… 這裏是生機勃勃的動物世界：鳴蟬在長吟，雲雀竄入雲霄 …… 而且，動物們還開着「音樂會」：油蛉在低唱，蟋蟀在彈琴 …… 大自然的聲色之美，已經讓人陶醉。與百草園有關的，還有美女蛇與飛蜈蚣的故事，還有雪地裏的捕鳥行動 ……

　　百草園裏童心和大自然相遇的「無限趣味」，似乎因上三味書屋而中斷，其實不然。書屋裏的功課固然要求嚴格，那位方正、質樸、博學的私塾老師，會因作者詢問「怪哉」這蟲，面有怒色；書屋外的活動依然豐富多彩，可以在後園捉了蒼蠅餵螞蟻。何況，每逢課堂上人聲鼎沸，大家放開喉嚨讀書的時候，老

師讀書入神，孩子依然各種閒耍。

　　從百草園廣闊的生活趣味，到三味書屋的頑童鬧學，生活空間發生了變化，展現兒童生動活潑的精神世界的主旨並沒有變。作者以白描手法，為我們勾勒了一幅私塾老師的簡筆肖像：他朗讀「極好的文章」時，會心醉神迷；他有「怒色」，會「瞪眼」，但隱藏在嚴厲面孔之後的，是對孩子們的一片温情。

　　有人說，《從百草園到三味書屋》批判了封建教育對兒童身心的束縛，表達了作者對封建專制的憎惡。細心體會作者對私塾老師的情感態度，你贊同這種觀點嗎？

我家的後面有一個很大的園，相傳叫作百草園。現在是早已並屋子一起賣給朱文公的子孫了，連那最末次的相見也已經隔了七八年，其中似乎確鑿只有一些野草；但那時卻是我的樂園。

　　不必說碧綠的菜畦，光滑的石井欄，高大的皂莢樹，紫紅的桑椹；也不必說鳴蟬在樹葉裏長吟，肥胖的黃蜂伏在菜花上，輕捷的叫天子（雲雀）忽然從草間直竄向雲霄裏去了。單是周圍的短短的泥牆根一帶，就有無限趣味。油蛉在這裏低唱，蟋蟀們在這裏彈琴。翻開斷磚來，有時會遇見蜈蚣；還有斑蝥①，倘若用手指按住牠的脊樑，便會拍的一聲，從後竅噴出一陣煙霧。何首烏藤和木蓮藤纏絡着，木蓮有蓮房一般的果實，何首烏有擁腫②的根。有人說，何首烏根是有像人形的，吃了便可以成仙，我於是常常拔它起來，牽連不斷地拔起來，也曾因此弄壞了泥牆，卻從來沒有見過有一塊根像人樣。如果不怕刺，還可以摘到覆盆子③，像小珊瑚珠攢成的小球，又酸又甜，色味都比桑椹要好得遠。

　　長的草裏是不去的，因為相傳這園裏有一條很大的赤練蛇。

　　長媽媽曾經講給我一個故事聽：先前，有一個讀書人住在古廟裏用功，晚間，在院子裏納涼的時候，突然聽到有人在叫他。答應着，四面看時，卻見一個美女的臉露在牆頭

---

① 斑蝥（máo），一種昆蟲，可入藥。

② 擁腫，同「臃腫」。

③ 覆盆子，此處指一種落葉灌木的果實。

上，向他一笑，隱去了。他很高興；但竟給那走來夜談的老和尚識破了機關。說他臉上有些妖氣，一定遇見「美女蛇」了；這是人首蛇身的怪物，能喚人名，倘一答應，夜間便要來吃這人的肉的。他自然嚇得要死，而那老和尚卻道無妨，給他一個小盒子，說只要放在枕邊，便可高枕而臥。他雖然照樣辦，卻總是睡不着，——當然睡不着的。到半夜，果然來了，沙沙沙！門外像是風雨聲。他正抖作一團時，卻聽得豁的一聲，一道金光從枕邊飛出，外面便甚麼聲音也沒有了，那金光也就飛回來，斂在盒子裏。後來呢？後來，老和尚說，這是飛蜈蚣，牠能吸蛇的腦髓，美女蛇就被牠治死了。

結末的教訓是：所以倘有陌生的聲音叫你的名字，你萬不可答應他。

這故事很使我覺得做人之險，夏夜乘涼，往往有些擔心，不敢去看牆上，而且極想得到一盒老和尚那樣的飛蜈蚣。走到百草園的草叢旁邊時，也常常這樣想。但直到現在，總還是沒有得到，但也沒有遇見過赤練蛇和美女蛇。叫我名字的陌生聲音自然是常有的，然而都不是美女蛇。

冬天的百草園比較的無味；雪一下，可就兩樣了。拍雪人（將自己的全形印在雪上）和塑雪羅漢需要人們鑒賞，這是荒園，人跡罕至，所以不相宜，只好來捕鳥。薄薄的雪，是不行的；總須積雪蓋了地面一兩天，鳥雀們久已無處覓食的時候才好。掃開一塊雪，露出地面，用一枝短棒支起一面大的竹篩來，下面撒些秕穀，棒上繫一條長繩，人遠遠地牽着，看鳥雀下來啄食，走到竹篩底下的時候，將繩子一拉，

便罩住了。但所得的是麻雀居多,也有白頰的「張飛鳥」,性子很躁,養不過夜的。

這是閏土的父親所傳授的方法,我卻不大能用。明明見牠們進去了,拉了繩,跑去一看,卻甚麼都沒有,費了半天力,捉住的不過三四隻。閏土的父親是小半天便能捕獲幾十隻,裝在叉袋裏叫着撞着的。我曾經問他得失的緣由,他只靜靜地笑道:你太性急,來不及等牠走到中間去。

我不知道為甚麼家裏的人要將我送進書塾裏去了,而且還是全城中稱為最嚴厲的書塾。也許是因為拔何首烏毀了泥牆罷,也許是因為將磚頭拋到間壁的梁家去了罷,也許是因為站在石井欄上跳了下來罷……都無從知道。總而言之:我將不能常到百草園了。Ade^④,我的蟋蟀們!Ade,我的覆盆子們和木蓮們!……

出門向東,不上半里,走過一道石橋,便是我的先生^⑤的家了。從一扇黑油的竹門進去,第三間是書房。中間掛着一塊扁道:三味書屋;扁下面是一幅畫,畫着一隻很肥大的梅花鹿伏在古樹下。沒有孔子牌位,我們便對着那扁和鹿行禮。第一次算是拜孔子,第二次算是拜先生。

第二次行禮時,先生便和藹地在一旁答禮。他是一個高而瘦的老人,鬚髮都花白了,還戴着大眼鏡。我對他很恭敬,因為我早聽到,他是本城中極方正,質樸,博學的人。

---

④　德語,意為「再見」。

⑤　我的先生,指壽鏡吾。

不知從那裏聽來的，東方朔也很淵博，他認識一種蟲，名曰「怪哉」，冤氣所化，用酒一澆，就消釋了。我很想詳細地知道這故事，但阿長是不知道的，因為她畢竟不淵博。現在得到機會了，可以問先生。

「先生，『怪哉』這蟲，是怎麼一回事？……」我上了生書，將要退下來的時候，趕忙問。

「不知道！」他似乎很不高興，臉上還有怒色了。

我才知道做學生是不應該問這些事的，只要讀書，因為他是淵博的宿儒，決不至於不知道，所謂不知道者，乃是不願意說。年紀比我大的人，往往如此，我遇見過好幾回了。

我就只讀書，正午習字，晚上對課。先生最初這幾天對我很嚴厲，後來卻好起來了，不過給我讀的書漸漸加多，對課也漸漸地加上字去，從三言到五言，終於到七言。

三味書屋後面也有一個園，雖然小，但在那裏也可以爬上花壇去折蠟梅花，在地上或桂花樹上尋蟬蛻。最好的工作是捉了蒼蠅餵螞蟻，靜悄悄地沒有聲音。然而同窗們到園裏的太多，太久，可就不行了，先生在書房裏便大叫起來：

「人都到那裏去了？！」

人們便一個一個陸續走回去；一同回去，也不行的。他有一條戒尺，但是不常用，也有罰跪的規則，但也不常用，普通總不過瞪幾眼，大聲道：

「讀書！」

於是大家放開喉嚨讀一陣書，真是人聲鼎沸。有唸「仁遠乎哉我欲仁斯仁至矣」的，有唸「笑人齒缺曰狗竇大開」的，有唸「上九潛龍勿用」的，有唸「厥土下上上錯厥貢苞

茅橘柚」的……先生自己也唸書。後來，我們的聲音便低下去，靜下去了，只有他還大聲朗讀着：

「鐵如意，指揮倜儻，一座皆驚呢 ——；金叵羅，顛倒淋漓噫，千杯未醉呵 ——」

我疑心這是極好的文章，因為讀到這裏，他總是微笑起來，而且將頭仰起，搖着，向後面拗過去，拗過去。

先生讀書入神的時候，於我們是很相宜的。有幾個便用紙糊的盔甲套在指甲上做戲。我是畫畫兒，用一種叫作「荊川紙」的，蒙在小説的繡像上一個個描下來，像習字時候的影寫一樣。讀的書多起來，畫的畫也多起來；書沒有讀成，畫的成績卻不少了，最成片段的是《蕩寇志》⑥和《西遊記》的繡像，都有一大本。後來，因為要錢用，賣給一個有錢的同窗了。他的父親是開錫箔店的；聽説現在自己已經做了店主，而且快要升到紳士的地位了。這東西早已沒有了罷。

九月十八日

⑥ 《蕩寇志》，清代俞萬春的一部小説，接續《水滸傳》而作，但對梁山好漢充滿了誣衊，立場上是反對梁山起義的。

父親的病

▌導讀

　　《父親的病》最初發表於 1926 年 11 月 10 日《莽原》半月刊第一卷第二十一期，副題為《舊事重提之七》，後收入《朝花夕拾》。

　　魯迅先生少年時代經歷了從小康之家墜入困頓的人生歷程，可謂「年少滄桑」。《父親的病》中，作者以沉痛的筆調，敘述了父親的病與死，直面自己生命中的黑暗時刻。父親的病為中醫所誤，一病不起，這種切膚之痛，使得魯迅先生發出「中醫不過是一種有意的或無意的騙子」的略顯偏激的感慨，而「救治像我父親似的被誤的病人的疾苦」，則成為青年魯迅遠赴日本，學習醫科的直接情感動因。

　　據魯迅二弟周作人回憶，魯迅父親周伯宜最早的病象是吐血，相傳陳墨可以止血，於是在墨海裏研起墨來，倒在茶杯裏，送去給他喝，弄得他滿臉「烏嘴野貓」似的，那情景讓人深感悲哀。在《父親的病》中，寫到了作者親睹父親「為死亡所捕獲」的人間大悲劇，字裏行間洋溢着對父親的眷戀與悲憫之情。

　　《父親的病》有着強烈的現實批判色彩。文中寫到的兩位紹興當地的「名醫」，其實是徒有虛名的「有意的騙子」，這些「名醫」都信奉中國傳統「醫者，意也」的學說。第一位「名醫」必

用新奇的「藥引」，比如蘆根和經霜三年的甘蔗之類；第二位「名醫」陳蓮河的藥方上，除了奇特的藥引，比如原配「蟋蟀一對」，「平地木十株」之外，還有特別的丸藥：「敗鼓皮丸」。「名醫」們開方用藥時，信口胡謅出「舌乃心之靈苗」等荒謬理論；毫無效果之後，又以「醫能醫病，不能醫命」的論調，將自己的責任推卸得一乾二淨。

作者對中醫中封建迷信成分的抨擊，還延伸到臨終關懷的層面。父親彌留之際，衍太太催促作者大聲叫喚，增加了父親臨終的苦楚，作者對此悔恨不已。

大約十多年前罷，S 城 ① 中曾經盛傳過一個名醫的故事：

　　他出診原來是一元四角，特拔十元，深夜加倍，出城又加倍。有一夜，一家城外人家的閨女生急病，來請他了，因為他其時已經闊得不耐煩，便非一百元不去。他們只得都依他。待去時，卻只是草草地一看，說道「不要緊的」，開一張方，拿了一百元就走。那病家似乎很有錢，第二天又來請了。他一到門，只見主人笑面承迎，道：「昨晚服了先生的藥，好得多了，所以再請你來複診一回。」仍舊引到房裏，老媽子便將病人的手拉出帳外來。他一按，冷冰冰的，也沒有脈，於是點點頭道：「唔，這病我明白了。」從從容容走到桌前，取了藥方紙，提筆寫道：

　　「憑票付英洋壹百元正。」下面是署名，畫押。

　　「先生，這病看來很不輕了，用藥怕還得重一點罷。」主人在背後說。

　　「可以。」他說。於是另開了一張方：

　　「憑票付英洋貳百元正。」下面仍是署名，畫押。

　　這樣，主人就收了藥方，很客氣地送他出來了。

　　我曾經和這名醫周旋過兩整年，因為他隔日一回，來診我的父親的病。那時雖然已經很有名，但還不至於闊得這樣不耐煩；可是診金卻已經是一元四角。現在的都市上，診金一次十元並不算奇，可是那時是一元四角已是巨款，很不容

① 這裏指紹興城。

易張羅的了；又何況是隔日一次。他大概的確有些特別，據
輿論說，用藥就與眾不同。我不知道藥品，所覺得的，就是
「藥引」的難得，新方一換，就得忙一大場。先買藥，再尋
藥引。「生薑」兩片，竹葉十片去尖，他是不用的了。起碼
是蘆根，須到河邊去掘；一到經霜三年的甘蔗，便至少也得
搜尋兩三天。可是說也奇怪，大約後來總沒有購求不到的。

　　據輿論說，神妙就在這地方。先前有一個病人，百藥
無效；待到遇見了甚麼葉天士先生，只在舊方上加了一味
藥引：梧桐葉。只一服，便霍然而癒了。「醫者，意也。」
其時是秋天，而梧桐先知秋氣。其先百藥不投，今以秋氣
動之，以氣感氣，所以⋯⋯我雖然並不了然，但也十分佩
服，知道凡有靈藥，一定是很不容易得到的，求仙的人，甚
至於還要拚 ② 了性命，跑進深山裏去採呢。

　　這樣有兩年，漸漸地熟識，幾乎是朋友了。父親的水腫
是逐日利害 ③，將要不能起牀；我對於經霜三年的甘蔗之流也
逐漸失了信仰，採辦藥引似乎再沒有先前一般踴躍了。正在
這時候，他有一天來診，問過病狀，便極其誠懇地說：

　　「我所有的學問，都用盡了。這裏還有一位陳蓮河先
生，本領比我高。我薦他來看一看，我可以寫一封信。可
是，病是不要緊的，不過經他的手，可以格外好得快⋯⋯」

　　這一天似乎大家都有些不歡，仍然由我恭敬地送他上

---

② 　拚，同「拼」。

③ 　利害，同「厲害」。

轎。進來時，看見父親的臉色很異樣，和大家談論，大意是說自己的病大概沒有希望的了；他因為看了兩年，毫無效驗，臉又太熟了，未免有些難以為情，所以等到危急時候，便薦一個生手自代，和自己完全脫了干係。但另外有甚麼法子呢？本城的名醫，除他之外，實在也只有一個陳蓮河了。明天就請陳蓮河。

陳蓮河的診金也是一元四角。但前回的名醫的臉是圓而胖的，他卻長而胖了：這一點頗不同。還有用藥也不同，前回的名醫是一個人還可以辦的，這一回卻是一個人有些辦不妥帖了，因為他一張藥方上，總兼有一種特別的丸散和一種奇特的藥引。

蘆根和經霜三年的甘蔗，他就從來沒有用過。最平常的是「蟋蟀一對」，旁註小字道：「要原配，即本在一窠中者。」似乎昆蟲也要貞節，續弦或再醮，連做藥資格也喪失了。但這差使在我並不為難，走進百草園，十對也容易得，將牠們用線一縛，活活地擲入沸湯中完事。然而還有「平地木十株」呢，這可誰也不知道是甚麼東西了，問藥店，問鄉下人，問賣草藥的，問老年人，問讀書人，問木匠，都只是搖搖頭，臨末才記起了那遠房的叔祖，愛種一點花木的老人，跑去一問，他果然知道，是生在山中樹下的一種小樹，能結紅子如小珊瑚珠的，普通都稱為「老弗大」。

「踏破鐵鞋無覓處，得來全不費工夫。」藥引尋到了，然而還有一種特別的丸藥：敗鼓皮丸。這「敗鼓皮丸」就是用打破的舊鼓皮做成；水腫一名鼓脹，一用打破的鼓皮自然就可以克伏他。清朝的剛毅因為憎恨「洋鬼子」，預備打他

們，練了些兵稱作「虎神營」，取虎能食羊，神能伏鬼的意思，也就是這道理。可惜這一種神藥，全城中只有一家出售的，離我家就有五里，但這卻不像平地木那樣，必須暗中摸索了，陳蓮河先生開方之後，就懇切詳細地給我們說明。

「我有一種丹，」有一回陳蓮河先生說，「點在舌上，我想一定可以見效。因為舌乃心之靈苗……價錢也並不貴，只要兩塊錢一盒……」

我父親沉思了一會，搖搖頭。

「我這樣用藥還會不大見效，」有一回陳蓮河先生又說，「我想，可以請人看一看，可有甚麼冤愆……醫能醫病，不能醫命，對不對？自然，這也許是前世的事……」

我的父親沉思了一會，搖搖頭。

凡國手，都能夠起死回生的，我們走過醫生的門前，常可以看見這樣的匾額。現在是讓步一點了，連醫生自己也說道：「西醫長於外科，中醫長於內科。」但是□城那時不但沒有西醫，並且誰也還沒有想到天下有所謂西醫，因此無論甚麼，都只能由軒轅岐伯的嫡派門徒包辦。軒轅時候是巫醫不分的，所以直到現在，他的門徒就還見鬼，而且覺得「舌乃心之靈苗」。這就是中國人的「命」，連名醫也無從醫治的。

不肯用靈丹點在舌頭上，又想不出「冤愆」來，自然，單吃了一百多天的「敗鼓皮丸」有甚麼用呢？依然打不破水腫，父親終於躺在牀上喘氣了。還請一回陳蓮河先生，這回是特拔，大洋十元。他仍舊泰然地開了一張方，但已停止敗鼓皮丸不用，藥引也不很神妙了，所以只消半天，藥就煎

好，灌下去，卻從口角上回了出來。

從此我便不再和陳蓮河先生周旋，只在街上有時看見他坐在三名轎夫的快轎裏飛一般抬過；聽說他現在還康健，一面行醫，一面還做中醫甚麼學報，正在和只長於外科的西醫奮鬥哩。

中西的思想確乎有一點不同。聽説中國的孝子們，一到將要「罪孽深重禍延父母」的時候，就買幾斤人參，煎湯灌下去，希望父母多喘幾天氣，即使半天也好。我的一位教醫學的先生卻教給我醫生的職務道：可醫的應該給他醫治，不可醫的應該給他死得沒有痛苦。——但這先生自然是西醫。

父親的喘氣頗長久，連我也聽得很吃力，然而誰也不能幫助他。我有時竟至於電光一閃似的想道：「還是快一點喘完了罷……」立刻覺得這思想就不該，就是犯了罪；但同時又覺得這思想實在是正當的，我很愛我的父親。便是現在，也還是這樣想。

早晨，住在一門裏的衍太太進來了。她是一個精通禮節的婦人，説我們不應該空等着。於是給他換衣服；又將紙錠和一種甚麼《高王經》燒成灰，用紙包了給他捏在拳頭裏……

「叫呀，你父親要斷氣了。快叫呀！」衍太太説。

「父親！父親！」我就叫起來。

「大聲！他聽不見。還不快叫？！」

「父親！！！父親！！！」

他已經平靜下去的臉，忽然緊張了，將眼微微一睜，彷彿有一些苦痛。

「叫呀!快叫呀!」她催促説。

「父親!!!」

「甚麼呢?……不要嚷……不……」他低低地説,又較急地喘着氣,好一會,這才復了原狀,平靜下去了。

「父親!!!」我還叫他,一直到他嚥了氣。

我現在還聽到那時的自己的這聲音,每聽到時,就覺得這卻是我對於父親的最大的錯處。

十月七日

瑣記

◗ 導讀

《瑣記》最初發表於 1926 年 11 月 25 日《莽原》半月刊第一卷第二十二期，副題為《舊事重提之八》，後收入《朝花夕拾》。

《瑣記》是作者回憶往事之作，全文可以分為前後兩截：前半部分寫 S 城衍太太的事，後半部分寫作者南京時期的求學生活。

《父親的病》中，衍太太的登場曾給我們留下深刻的印象：正是她指揮作者大聲叫喚，使得臨終的父親不得安靜。《瑣記》裏，衍太太依然是一個惡人的形象，作者繼續寫出了她種種損人不利己的陰險行為：冬天慫恿小孩子吃冰；獎勵小孩打旋子，一旦跌倒她又說風涼話；先勸告作者變賣首飾，後又散佈流言……正是因為憎惡以衍太太為代表的 S 城人的庸俗無聊，作者才想要「走異路，逃異地，去尋求別樣的人們」，毅然決然地離開故鄉，前往南京求學。

但南京的新式學堂，無論是「雷電學堂」，還是「礦路學堂」，功課雖然較為別致，依然瀰漫着濃重的陳腐氣息。作者只好吃侉餅、花生米、辣椒，看《天演論》，通過閱讀新書接觸進步思想。《瑣記》最後以作者離開祖國，遠赴日本留學，收束全文。

因為憎惡 S 城人的庸俗，作者離開故鄉；為求新學，作者前往南京；為探索新知，作者遠赴重洋。《瑣記》通過作者求學歷程

的回顧，給我們刻畫了一個永遠在路上，不倦求索的青少年魯迅形象。同時，表達了作者對故鄉庸俗世態的厭惡，對當時新式教育不徹底性的批判。

衍太太現在是早已經做了祖母，也許竟做了曾祖母了；那時卻還年青，只有一個兒子比我大三四歲。她對自己的兒子雖然狠，對別家的孩子卻好的，無論鬧出甚麼亂子來，也決不去告訴各人的父母，因此我們就最願意在她家裏或她家的四近玩。

　　舉一個例說罷，冬天，水缸裏結了薄冰的時候，我們大清早起一看見，便吃冰。有一回給沈四太太看到了，大聲說道：「莫吃呀，要肚子疼的呢！」這聲音又給我母親聽到了，跑出來我們都挨了一頓罵，並且有大半天不准玩。我們推論禍首，認定是沈四太太，於是提起她就不用尊稱了，給她另外起了一個綽號，叫作「肚子疼」。

　　衍太太卻決不如此。假如她看見我們吃冰，一定和藹地笑着說：「好，再吃一塊。我記着，看誰吃的多。」

　　但我對於她也有不滿足的地方。一回是我已經十多歲了，和幾個孩子比賽打旋子，看誰旋得多。她就從旁計着數，說道：「好，八十二個了！再旋一個，八十三！好，八十四！……」但正在旋着的阿祥，忽然跌倒了，阿祥的嬸母也恰恰走進來。她便接着說道：「你看，不是跌了麼？不聽我的話。我叫你不要旋，不要旋……」

　　雖然如此，孩子們總還喜歡到她那裏去。假如頭上碰得腫了一大塊的時候，去尋母親去罷，好的是罵一通，再給擦一點藥；壞的是沒有藥擦，還添幾個栗鑿和一通罵。衍太太卻決不埋怨，立刻給你用燒酒調了水粉，搽在疙瘩上，說這不但止痛，將來還沒有瘢痕。

　　父親故去之後，我也還常到她家裏去，不過已不是和

孩子們玩耍了，卻是和衍太太或她的男人談閒天。我其時覺
得很有許多東西要買，看的和吃的，只是沒有錢。有一天談
到這裏，她便說道：「母親的錢，你拿來用就是了，還不就
是你的麼？」我說母親沒有錢，她就說可以拿首飾去變賣；
我說沒有首飾，她卻道：「也許你沒有留心。到大櫥的抽屜
裏，角角落落去尋去，總可以尋出一點珠子這類東西……」

這些話我聽去似乎很異樣，便又不到她那裏去了，但有
時又真想去打開大櫥，細細地尋一尋。大約此後不到一月，
就聽到一種流言，說我已經偷了家裏的東西去變賣了，這實
在使我覺得有如掉在冷水裏。流言的來源，我是明白的，倘
是現在，只要有地方發表，我總要罵出流言家的狐狸尾巴
來，但那時太年青，一遇流言，便連自己也彷彿覺得真是犯
了罪，怕遇見人們的眼睛，怕受到母親的愛撫。

好。那麼，走罷！

但是，那裏[①]去呢？S 城人的臉早經看熟，如此而已，
連心肝也似乎有些了然。總得尋別一類人們去，去尋為 S 城
人所詬病的人們，無論其為畜生或魔鬼。那時為全城所笑罵
的是一個開得不久的學校，叫作中西學堂，漢文之外，又教
些洋文和算學。然而已經成為眾矢之的了；熟讀聖賢書的秀
才們，還集了《四書》的句子，做一篇八股來嘲誚它，這名
文便即傳遍了全城，人人當作有趣的話柄。我只記得那「起
講」的開頭是：

———

① 　那裏，同「哪裏」。

徐子以告夷子曰：吾聞用夏變夷者，未聞變於夷者也。今也不然：鴃舌之音，聞其聲，皆雅言也……

以後可忘卻了，大概也和現今的國粹保存大家的議論差不多。但我對於這中西學堂，卻也不滿足，因為那裏面只教漢文、算學、英文和法文。功課較為別致的，還有杭州的求是書院，然而學費貴。

無須學費的學校在南京，自然只好往南京去。第一個進去的學校[②]，目下不知道稱為甚麼了，光復以後，似乎有一時稱為雷電學堂，很像《封神榜》上「太極陣」、「混元陣」一類的名目。總之，一進儀鳳門，便可以看見它那二十丈高的桅杆和不知多高的煙通[③]。功課也簡單，一星期中，幾乎四整天是英文：「It is a cat.」[④]「Is it a rat？」[⑤]一整天是讀漢文：「君子曰，潁考叔可謂純孝也已矣，愛其母，施及莊公。」一整天是做漢文：《知己知彼百戰百勝論》、《潁考叔論》、《雲從龍風從虎論》、《咬得菜根則百事可做論》。

初進去當然只能做三班生，臥室裏是一桌一凳一牀，牀板只有兩塊。頭二班學生就不同了，二桌二凳或三凳一牀，牀板多至三塊。不但上講堂時挾着一堆厚而且大的洋書，氣昂昂地走着，決非只有一本「潑賴媽」[⑥]和四本《左傳》的三

---

② 指江南水師學堂。

③ 煙通，同「煙囪」。

④ 英語，意為「這是一隻貓。」

⑤ 英語，意為「這是一隻老鼠嗎？」

⑥ 英語 Primer 的音譯，意為「初級讀本」。

班生所敢正視；便是空着手，也一定將肘彎撐開，像一隻螃蟹，低一班的在後面總不能走出他之前。這一種螃蟹式的名公巨卿，現在都闊別得很久了，前四五年，竟在教育部的破腳躺椅上，發見了這姿勢，然而這位老爺卻並非雷電學堂出身的，可見螃蟹態度，在中國也頗普遍。

可愛的是桅杆。但並非如「東鄰」的「支那通」所説，因為它「挺然翹然」，又是甚麼的象徵。乃是因為它高，烏鴉喜鵲，都只能停在它的半途的木盤上。人如果爬到頂，便可以近看獅子山，遠眺莫愁湖，——但究竟是否真可以眺得那麼遠，我現在可委實有點記不清楚了。而且不危險，下面張着網，即使跌下來，也不過如一條小魚落在網子裏；況且自從張網以後，聽説也還沒有人曾經跌下來。

原先還有一個池，給學生學游泳的，這裏面卻淹死了兩個年幼的學生。當我進去時，早填平了，不但填平，上面還造了一所小小的關帝廟。廟旁是一座焚化字紙的磚爐，爐口上方橫寫着四個大字道：「敬惜字紙」。只可惜那兩個淹死鬼失了池子，難討替代，總在左近徘徊，雖然已有「伏魔大帝關聖帝君」鎮壓着。辦學的人大概是好心腸的，所以每年七月十五，總請一羣和尚到雨天操場來放焰口，一個紅鼻而胖的大和尚戴上毗盧帽，捏訣，唸咒：「回資羅，普彌耶吽，唵耶吽！唵！耶！吽！！！」

我的前輩同學被關聖帝君鎮壓了一整年，就只在這時候得到一點好處，——雖然我並不深知是怎樣的好處。所以當這些時，我每每想：做學生總得自己小心些。

總覺得不大合適，可是無法形容出這不合適來。現在是

發現了大致相近的字眼了，「烏煙瘴氣」，庶幾乎其可也。只得走開。近來是單是走開也就不容易，「正人君子」者流會說你罵人罵到了聘書，或者是發「名士」脾氣，給你幾句正經的俏皮話。不過那時還不打緊，學生所得的津貼，第一年不過二兩銀子，最初三個月的試習期內是零用五百文。於是毫無問題，去考礦路學堂去了，也許是礦路學堂，已經有些記不真，文憑又不在手頭，更無從查考。試驗並不難，錄取的。

這回不是 It is a cat 了，是 Der Mann，Das Weib，Das Kind[7]。漢文仍舊是「穎考叔可謂純孝也已矣」，但外加《小學集注》。論文題目也小有不同，譬如《工欲善其事必先利其器論》，是先前沒有做過的。

此外還有所謂格致、地學、金石學……都非常新鮮。但是還得聲明：後兩項，就是現在之所謂地質學和礦物學，並非講輿地和鐘鼎碑版的。只是畫鐵軌橫斷面圖卻有些麻煩，平行線尤其討厭。但第二年的總辦是一個新黨，他坐在馬車上的時候大抵看着《時務報》，考漢文也自己出題目，和教員出的很不同。有一次是《華盛頓論》，漢文教員反而惴惴地來問我們道：「華盛頓是甚麼東西呀？……」

看新書的風氣便流行起來，我也知道了中國有一部書叫《天演論》[8]。星期日跑到城南去買了來，白紙石印的一厚本，

---

[7]　德語，意為男人，女人，孩子。

[8]　《天演論》，清末嚴復翻譯的赫胥黎的作品，講述了「物競天擇」，「適者生存」的道理，對當時的中國社會影響很大。

價五百文正。翻開一看，是寫得很好的字，開首便道：

赫胥黎獨處一室之中，在英倫之南，背山而面野，檻外諸境，歷歷如在機下。乃懸想二千年前，當羅馬大將愷徹⑨未到時，此間有何景物？計惟有天造草昧……

哦，原來世界上竟還有一個赫胥黎坐在書房裏那麼想，而且想得那麼新鮮？一口氣讀下去，「物競」、「天擇」也出來了，蘇格拉第、柏拉圖也出來了，斯多噶也出來了⑩。學堂裏又設立了一個閱報處，《時務報》不待言，還有《譯學彙編》，那書面上的張廉卿一流的四個字，就藍得很可愛。

「你這孩子有點不對了，拿這篇文章去看去，抄下來去看去。」一位本家的老輩嚴肅地對我說，而且遞過一張報紙來。接來看時，「臣許應騤跪奏……」，那文章現在是一句也不記得了，總之是參康有為變法的，也不記得可曾抄了沒有。

仍然自己不覺得有甚麼「不對」，一有閒空，就照例地吃侉餅、花生米、辣椒，看《天演論》。

但我們也曾經有過一個很不平安的時期。那是第二年，聽說學校就要裁撤了。這也無怪，這學堂的設立，原是因為兩江總督（大約是劉坤一罷）聽到青龍山的煤礦出息好，所以開手的。待到開學時，煤礦那面卻已將原先的技師辭退，換了一個不甚了然的人了。理由是：一、先前的技師薪水太

貴；二、他們覺得開煤礦並不難。於是不到一年，就連煤在那裏也不甚了然起來，終於是所得的煤，只能供燒那兩架抽水機之用，就是抽了水掘煤，掘出煤來抽水，結一筆出入兩清的賬。既然開礦無利，礦路學堂自然也就無須乎開了，但是不知怎的，卻又並不裁撤。到第三年我們下礦洞去看的時候，情形實在頗淒涼，抽水機當然還在轉動，礦洞裏積水卻有半尺深，上面也點滴而下，幾個礦工便在這裏面鬼一般工作着。

畢業，自然大家都盼望的，但一到畢業，卻又有些爽然若失。爬了幾次桅，不消說不配做半個水兵；聽了幾年講，下了幾回礦洞，就能掘出金、銀、銅、鐵、錫來麼？實在連自己也茫無把握，沒有做《工欲善其事必先利其器論》的那麼容易。爬上天空二十丈和鑽下地面二十丈，結果還是一無所能，學問是「上窮碧落下黃泉，兩處茫茫皆不見」了。所餘的還只有一條路：到外國去。

留學的事，官僚也許可了，派定五名到日本去。其中的一個因為祖母哭得死去活來，不去了，只剩了四個。日本是同中國很兩樣的，我們應該如何準備呢？有一個前輩同學在，比我們早一年畢業，曾經遊歷過日本，應該知道些情形。跑去請教之後，他鄭重地說：

「日本的襪是萬不能穿的，要多帶些中國襪。我看紙票也不好，你們帶去的錢不如都換了他們的現銀。」

四個人都說遵命。別人不知其詳，我是將錢都在上海換了日本的銀元，還帶了十雙中國襪 —— 白襪。

後來呢？後來，要穿制服和皮鞋，中國襪完全無用；

一元的銀圓日本早已廢置不用了，又賠錢換了半元的銀圓和
紙票。

十月八日

藤野 ① 先生

◖ 導讀

　　《藤野先生》最初發表於 1926 年 12 月 10 日《莽原》半月刊第一卷第二十三期，後收入《朝花夕拾》。

　　藤野先生是一位生活樸素、治學嚴謹、待人熱忱，毫無民族偏見的學者。《藤野先生》主要寫魯迅在日本仙台醫學專門學校留學期間，藤野先生對於他的「熱心的希望，不倦的教誨」：添改講義，糾正解剖圖，關心解剖實習，詢問中國女人的裹腳……《藤野先生》詳盡記述了作者與藤野先生相遇、相處、離別的全過程，表達了對老師的深深懷念之情。同時，《藤野先生》也記錄了作者「棄醫從文」的心路歷程：匿名信事件，幻燈片事件，一再刺激着作者的民族自尊心，魯迅逐漸意識到：「醫學並非一件緊要事……我們的第一要着，是在改變他們的精神……於是想提倡文藝運動了。」

　　魯迅極為珍愛《藤野先生》一文。1934 年，日本岩波書店準備出版《魯迅選集》，譯者增田涉曾向魯迅詢問對於選目的意見，魯迅回函說一切隨意，「只有《藤野先生》一文，請譯出補進

---

① 藤野嚴九郎 (1874－1945)，日本福井縣人。是魯迅在日本仙台醫學專門學校學習時的老師。

去」。魯迅一直懷念着藤野先生，直到 1935 年，魯迅在致日本友人山本初枝的信中，還以充滿深情的筆調，談及自己的恩師藤野先生：「藤野先生是大約三十年前仙台醫學專門學校的解剖學教授，是真名實姓。該校現在已成為大學了，三四年前曾託友人去打聽過，他已不在那裏了。是否還在世，也不得而知。倘還健在，已七十左右了。」

魯迅有所不知的是，當時藤野先生一直健在，直到 1945 年與世長辭。魯迅逝世後，藤野先生曾作《謹憶周樹人君》，追憶當年對魯迅的印象。讓人欣慰的是，2007 年 9 月 25 日，魯迅誕辰126 週年紀念日，藤野先生的銅像在北京魯迅博物館隆重揭幕，銅像的題字「藤野嚴九郎先生」是魯迅的手跡，輯自《藤野先生》一文。

東京也無非是這樣。上野的櫻花爛熳的時節，望去確也像緋紅的輕雲，但花下也缺不了成羣結隊的「清國留學生」的速成班，頭頂上盤着大辮子，頂得學生制帽的頂上高高聳起，形成一座富士山。也有解散辮子，盤得平的，除下帽來，油光可鑒，宛如小姑娘的髮髻一般，還要將脖子扭幾扭。實在標致極了。

中國留學生會館的門房裏有幾本書買，有時還值得去一轉；倘在上午，裏面的幾間洋房裏倒也還可以坐坐的。但到傍晚，有一間的地板便常不免要咚咚咚地響得震天，兼以滿房煙塵斗亂；問問精通時事的人，答道：「那是在學跳舞。」

到別的地方去看看，如何呢？

我就往仙台的醫學專門學校去。從東京出發，不久便到一處驛站，寫道：日暮里。不知怎地，我到現在還記得這名目。其次卻只記得水戶了，這是明的遺民朱舜水先生客死的地方。仙台是一個市鎮，並不大；冬天冷得利害；還沒有中國的學生。

大概是物以希為貴罷。北京的白菜運往浙江，便用紅頭繩繫住菜根，倒掛在水果店頭，尊為「膠菜」；福建野生着的蘆薈，一到北京就請進溫室，且美其名曰「龍舌蘭」。我到仙台也頗受了這樣的優待，不但學校不收學費，幾個職員還為我的食宿操心。我先是住在監獄旁邊一個客店裏的，初冬已經頗冷，蚊子卻還多，後來用被蓋了全身，用衣服包了頭臉，只留兩個鼻孔出氣。在這呼吸不息的地方，蚊子竟無從插嘴，居然睡安穩了。飯食也不壞。但一位先生卻以為這客店也包辦囚人的飯食，我住在那裏不相宜，幾次三番，幾

次三番地說。我雖然覺得客店兼辦囚人的飯食和我不相干，然而好意難卻，也只得別尋相宜的住處了。於是搬到別一家，離監獄也很遠，可惜每天總要喝難以下嚥的芋梗湯。

從此就看見許多陌生的先生，聽到許多新鮮的講義。解剖學是兩個教授分任的。最初是骨學。其時進來的是一個黑瘦的先生，八字鬚，戴着眼鏡，挾着一疊大大小小的書。一將書放在講台上，便用了緩慢而很有頓挫的聲調，向學生介紹自己道：

「我就是叫作藤野嚴九郎的……」

後面有幾個人笑起來了。他接着便講述解剖學在日本發達的歷史，那些大大小小的書，便是從最初到現今關於這一門學問的著作。起初有幾本是線裝的；還有翻刻中國譯本的，他們的翻譯和研究新的醫學，並不比中國早。

那坐在後面發笑的是上學年不及格的留級學生，在校已經一年，掌故頗為熟悉的了。他們便給新生講演每個教授的歷史。這藤野先生，據說是穿衣服太模胡②了，有時竟會忘記帶領結；冬天是一件舊外套，寒顫顫的，有一回上火車去，致使管車的疑心他是扒手，叫車裏的客人大家小心些。

他們的話大概是真的，我就親見他有一次上講堂沒有帶領結。

過了一星期，大約是星期六，他使助手來叫我了。到得研究室，見他坐在人骨和許多單獨的頭骨中間，——他其

---

② 模胡，此處形容藤野先生穿衣服很不講究。

時正在研究着頭骨，後來有一篇論文在本校的雜誌上發表出來。

「我的講義，你能抄下來麼？」他問。

「可以抄一點。」

「拿來我看！」

我交出所抄的講義去，他收下了，第二三天便還我，並且說，此後每一星期要送給他看一回。我拿下來打開看時，很吃了一驚，同時也感到一種不安和感激。原來我的講義已經從頭到末，都用紅筆添改過了，不但增加了許多脫漏的地方，連文法的錯誤，也都一一訂正。這樣一直繼續到教完了他所擔任的功課：骨學，血管學，神經學。

可惜我那時太不用功，有時也很任性。還記得有一回藤野先生將我叫到他的研究室裏去，翻出我那講義上的一個圖來，是下臂的血管，指着，向我和藹的說道：

「你看，你將這條血管移了一點位置了。——自然，這樣一移，的確比較的好看些，然而解剖圖不是美術，實物是那麼樣的，我們沒法改換它。現在我給你改好了，以後你要全照着黑板上那樣的畫。」

但是我還不服氣，口頭答應着，心裏卻想道：

「圖還是我畫的不錯；至於實在的情形，我心裏自然記得的。」

學年試驗完畢之後，我便到東京玩了一夏天，秋初再回學校，成績早已發表了，同學一百餘人之中，我在中間，不過是沒有落第。這回藤野先生所擔任的功課，是解剖實習和局部解剖學。

解剖實習了大概一星期，他又叫我去了，很高興地，仍用了極有抑揚的聲調對我說道：

「我因為聽説中國人是很敬重鬼的，所以很擔心，怕你不肯解剖屍體。現在總算放心了，沒有這回事。」

但他也偶有使我很為難的時候。他聽説中國的女人是裹腳的，但不知道詳細，所以要問我怎麼裹法，足骨變成怎樣的畸形，還歎息道：「總要看一看才知道。究竟是怎麼一回事呢？」

有一天，本級的學生會幹事到我寓裏來了，要借我的講義看。我檢出來交給他們，卻只翻檢了一通，並沒有帶走。但他們一走，郵差就送到一封很厚的信，拆開看時，第一句是：

「你改悔罷！」

這是《新約》上的句子罷，但經托爾斯泰新近引用過的。其時正值日俄戰爭，托老先生便寫了一封給俄國和日本的皇帝的信，開首便是這一句。日本報紙上很斥責他的不遜，愛國青年也憤然，然而暗地裏卻早受了他的影響了。其次的話，大略是説上年解剖學試驗的題目，是藤野先生在講義上做了記號，我預先知道的，所以能有這樣的成績。末尾是匿名。

我這才回憶到前幾天的一件事。因為要開同級會，幹事便在黑板上寫廣告，末一句是「請全數到會勿漏為要」，而且在「漏」字旁邊加了一個圈。我當時雖然覺到圈得可笑，但是毫不介意，這回才悟出那字也在譏刺我了，猶言我得了教員漏泄出來的題目。

我便將這事告知了藤野先生；有幾個和我熟識的同學也很不平，一同去詰責幹事託辭檢查的無禮，並且要求他們將檢查的結果，發表出來。終於這流言消滅了，幹事卻又竭力運動，要收回那一封匿名信去。結末是我便將這托爾斯泰式的信退還了他們。

　　中國是弱國，所以中國人當然是低能兒，分數在六十分以上，便不是自己的能力了：也無怪他們疑惑。但我接着便有參觀槍斃中國人的命運了。第二年添教黴菌學，細菌的形狀是全用電影來顯示的，一段落已完而還沒有到下課的時候，便影幾片時事的片子，自然都是日本戰勝俄國的情形。但偏有中國人夾在裏邊：給俄國人做偵探，被日本軍捕獲，要槍斃了，圍着看的也是一羣中國人；在講堂裏的還有一個我。

　　「萬歲！」他們都拍掌歡呼起來。

　　這種歡呼，是每看一片都有的，但在我，這一聲卻特別聽得刺耳。此後回到中國來，我看見那些閒看槍斃犯人的人們，他們也何嘗不酒醉似的喝采[3]，——嗚呼，無法可想！但在那時那地，我的意見卻變化了。

　　到第二學年的終結，我便去尋藤野先生，告訴他我將不學醫學，並且離開這仙台。他的臉色彷彿有些悲哀，似乎想說話，但竟沒有說。

　　「我想去學生物學，先生教給我的學問，也還有用的。」

[3]　喝采，同「喝彩」。

其實我並沒有決意要學生物學，因為看得他有些悽然，便說了一個慰安他的謊話。

「為醫學而教的解剖學之類，怕於生物學也沒有甚麼大幫助。」他歎息說。

將走的前幾天，他叫我到他家裏去，交給我一張照相[④]，後面寫着兩個字道：「惜別」，還說希望將我的也送他。但我這時適值沒有照相了；他便叮囑我將來照了寄給他，並且時時通信告訴他此後的狀況。

我離開仙台之後，就多年沒有照過相，又因為狀況也無聊，說起來無非使他失望，便連信也怕敢寫了。經過的年月一多，話更無從說起，所以雖然有時想寫信，卻又難以下筆，這樣的一直到現在，竟沒有寄過一封信和一張照片。從他那一面看起來，是一去之後，杳無消息了。

但不知怎地，我總還時時記起他，在我所認為我師的之中，他是最使我感激，給我鼓勵的一個。有時我常常想：他的對於我的熱心的希望，不倦的教誨，小而言之，是為中國，就是希望中國有新的醫學；大而言之，是為學術，就是希望新的醫學傳到中國去。他的性格，在我的眼裏和心裏是偉大的，雖然他的姓名並不為許多人所知道。

他所改正的講義，我曾經訂成三厚本，收藏着的，將作為永久的紀念。不幸七年前遷居的時候，中途毀壞了一口書箱，失去半箱書，恰巧這講義也遺失在內了。責成運送局去

---

④ 照相，照片的意思。

找尋，寂無回信。只有他的照相至今還掛在我北京寓居的東牆上，書桌對面。每當夜間疲倦，正想偷懶時，仰面在燈光中瞥見他黑瘦的面貌，似乎正要說出抑揚頓挫的話來，便使我忽又良心發現，而且增加勇氣了，於是點上一枝煙，再繼續寫些為「正人君子」之流所深惡痛疾的文字。

十月十二日

秋 夜

導讀

　　《秋夜》最初發表於 1924 年 12 月 1 日《語絲》週刊第三期，題為《野草一·秋夜》，後收入散文詩集《野草》。

　　《秋夜》有一個著名的開頭：「在我的後園，可以看見牆外有兩株樹，一株是棗樹，還有一株也是棗樹。」不直截了當地說「兩株棗樹」，而說「一株是……還有一株也是……」，這是魯迅特有的修辭，它打破了我們的心理預期，造成一種審美上的陌生化效果。廢名在小說《莫須有先生坐飛機以後》中曾寫到：莫須有先生讓學生以《楓樹》為題作文，閱卷時碰到一份答卷，第一句是「我家門前有兩株樹，一株是楓樹，還有一株，也是楓樹。」莫須有先生大喜過望，覺得此人將來是一個文學家，能夠將平凡的事情寫得很不平凡，顯出作者的個性。這份答卷其實是對魯迅《秋夜》開頭的戲仿，而莫須有先生的反應，從側面表露了廢名對魯迅《秋夜》開頭的讚美。

　　魯迅愛夜。在寫於 1933 年的《夜頌》裏，魯迅曾說：「愛夜的人要有聽夜的耳朵和看夜的眼睛」。在散文詩《秋夜》中，因有了聽夜的耳朵和看夜的眼睛，作者為我們描摹了秋夜的繽紛色彩，同時捕獲了秋夜的繁複音響。

　　愛夜的人看到了秋夜的五彩繽紛：奇怪而高的天空「非常之

藍」；小粉紅花凍得「紅慘慘地」；月亮窘得「發白」；燈罩上畫着猩紅色的梔子；白紙罩上的小青蟲，遍身的顏色蒼翠得可愛⋯⋯愛夜的人也聽到了秋夜的繁複音響：哇的一聲，夜遊的惡鳥飛過；夜半的笑聲，吃吃地，四圍的空氣都應和着笑；小飛蟲亂撞，後窗的玻璃丁丁地響⋯⋯

愛夜的人，必是一個孤獨者。那兩株鐵似的直刺着奇怪而高的天空的棗樹，那以飛蛾撲火的勇氣而犧牲的蒼翠精緻的小青蟲⋯⋯這些人格化的形象，在秋夜的寂寥中，是愛夜的人的真正的朋友。

　　在我的後園，可以看見牆外有兩株樹，一株是棗樹，還有一株也是棗樹。

　　這上面的夜的天空，奇怪而高，我生平沒有見過這樣的奇怪而高的天空。他彷彿要離開人間而去，使人們仰面不再看見。然而現在卻非常之藍，閃閃地睞着幾十個星星的眼，冷眼。他的口角上現出微笑，似乎自以為大有深意，而將繁霜灑在我的園裏的野花草上。

　　我不知道那些花草真叫甚麼名字，人們叫他們甚麼名字。我記得有一種開過極細小的粉紅花，現在還開着，但是更極細小了，她在冷的夜氣中，瑟縮地做夢，夢見春的到來，夢見秋的到來，夢見瘦的詩人將眼淚擦在她最末的花瓣上，告訴她秋雖然來，冬雖然來，而此後接着還是春，胡蝶①亂飛，蜜蜂都唱起春詞來了。她於是一笑，雖然顏色凍得紅慘慘地，仍然瑟縮着。

　　棗樹，他們簡直落盡了葉子。先前，還有一兩個孩子來打他們別人打剩的棗子，現在是一個也不剩了，連葉子也落盡了。他知道小粉紅花的夢，秋後要有春；他也知道落葉的夢，春後還是秋。他簡直落盡葉子，單剩幹子，然而脫了當初滿樹是果實和葉子時候的弧形，欠伸得很舒服。但是，有幾枝還低亞②着，護定他從打棗的竿梢所得的皮傷，而最直最長的幾枝，卻已默默地鐵似的直刺着奇怪而高的天空，使天空閃閃地鬼睞眼；直刺着天空中圓滿的月亮，使月亮窘得發白。

---

①　胡蝶，同「蝴蝶」。

②　低亞，同「低丫」，形容樹枝低垂的樣子。

鬼䀹眼的天空越加非常之藍，不安了，彷彿想離去人間，避開棗樹，只將月亮剩下。然而月亮也暗暗地躲到東邊去了。而一無所有的幹子，卻仍然默默地鐵似的直刺着奇怪而高的天空，一意要制他的死命，不管他各式各樣地䀹着許多蠱惑的眼睛。

　　哇的一聲，夜遊的惡鳥飛過了。

　　我忽而聽到夜半的笑聲，吃吃地，似乎不願意驚動睡着的人，然而四圍的空氣都應和着笑。夜半，沒有別的人，我即刻聽出這聲音就在我嘴裏，我也即刻被這笑聲所驅逐，回進自己的房。燈火的帶子也即刻被我旋高了。

　　後窗的玻璃上丁丁地響，還有許多小飛蟲亂撞。不多久，幾個進來了，許是從窗紙的破孔進來的。他們一進來，又在玻璃的燈罩上撞得丁丁地響。一個從上面撞進去了，他於是遇到火，而且我以為這火是真的。兩三個卻休息在燈的紙罩上喘氣。那罩是昨晚新換的罩，雪白的紙，摺出波浪紋的疊痕，一角還畫出一枝猩紅色的梔子。

　　猩紅的梔子開花時，棗樹又要做小粉紅花的夢，青葱地彎成弧形了⋯⋯我又聽到夜半的笑聲；我趕緊砍斷我的心緒，看那老在白紙罩上的小青蟲，頭大尾小，向日葵子似的，只有半粒小麥那麼大，遍身的顏色蒼翠得可愛，可憐。

　　我打一個呵欠，點起一支紙煙，噴出煙來，對着燈默默地敬奠這些蒼翠精緻的英雄們。

一九二四年九月十五日

雪

◖ **導讀**

　　《雪》最初發表於 1925 年 1 月 26 日《語絲》週刊第十一期，副題為《野草之八》，後收入《野草》。本篇以色彩之筆，寫出了江南的雪和北國的雪的不同風姿，堪稱「白話美術文」的典範。

　　這是江南明媚的雪野，真是五色繽紛，繁花似錦：血紅的寶珠山茶，白中隱青的單瓣梅花，深黃的磬口的蠟梅花，冷綠的雜草……冬花開在雪野中，傲雪鬥寒，引來蜜蜂羣飛……自然而然地，對江南雪景的描繪，不能缺少孩子們雪中的遊戲：塑雪羅漢。人的活動，給無邊的雪野增加了明豔的色澤，我們且看：用龍眼核做眼珠，以胭脂塗嘴脣的雪羅漢，目光灼灼地嘴脣通紅地坐在雪地裏……這是江南的柔雪，暖色調的雪，滋潤美豔之至。

　　作者是浙江人，寫作此文時居住在北京。由於思鄉的蠱惑，作者稱頌南方的風土。對於江南的雪與北方的雪的不同，作者有着體貼入微的觀察。在以主要篇幅描繪了江南絢麗多姿的雪野之後，作者筆鋒一轉，勾勒了北方的雪花輕逸瀟灑的身姿，這是北方「大風吹雪盈空際」的情景：雪花紛飛之後，永遠如粉，如沙，決不粘連，撒在屋上，地上，枯草上；晴天之下，旋風忽來，便蓬勃地奮飛，在日光中燦燦地生光，如包藏火焰的大霧，

旋轉而且升騰，瀰漫太空⋯⋯這是北方的乾雪，氣魄壯美的雪。

　　作者對江南柔雪的描繪，流露出的是對故鄉氣候和風物的眷念之情；對北方乾雪的勾勒，表達了孤獨者獨立凜冽寒冬的戰鬥豪情。無論是柔雪的依戀，還是乾雪的紛飛，都不過是大自然中的普通一景，然而，它們被作者賦予了一種人格的力量，成為當之無愧的「雨的精魂」。

　　暖國的雨，向來沒有變過冰冷的堅硬的燦爛的雪花。博識的人們覺得他單調，他自己也以為不幸否耶？江南的雪，可是滋潤美豔之至了；那是還在隱約着的青春的消息，是極壯健的處子的皮膚。雪野中有血紅的寶珠山茶，白中隱青的單瓣梅花，深黃的磬口的蠟梅花；雪下面還有冷綠的雜草。胡蝶確乎沒有；蜜蜂是否來採山茶花和梅花的蜜，我可記不真切了。但我的眼前彷彿看見冬花開在雪野中，有許多蜜蜂們忙碌地飛着，也聽得牠們嗡嗡地鬧着。

　　孩子們呵着凍得通紅，像紫芽薑一般的小手，七八個一齊來塑雪羅漢。因為不成功，誰的父親也來幫忙了。羅漢就塑得比孩子們高得多，雖然不過是上小下大的一堆，終於分不清是壺盧還是羅漢；然而很潔白，很明豔，以自身的滋潤相粘結，整個地閃閃地生光。孩子們用龍眼核給他做眼珠，又從誰的母親的脂粉奩中偷得胭脂來塗在嘴脣上。這回確是一個大阿羅漢了。他也就目光灼灼地嘴脣通紅地坐在雪地裏。

　　第二天還有幾個孩子來訪問他；對了他拍手，點頭，嬉笑。但他終於獨自坐着了。晴天又來消釋他的皮膚，寒夜又使他結一層冰，化作不透明的水晶模樣；連續的晴天又使他成為不知道算甚麼，而嘴上的胭脂也褪盡了。

　　但是，朔方[①]的雪花在紛飛之後，卻永遠如粉，如沙，他們決不粘連，撒在屋上，地上，枯草上，就是這樣。屋上的雪是早已就有消化了的，因為屋裏居人的火的溫熱。別

---

① 　朔方，即北方。

的，在晴天之下，旋風忽來，便蓬勃地奮飛，在日光中燦燦地生光，如包藏火焰的大霧，旋轉而且升騰，瀰漫太空，使太空旋轉而且升騰地閃爍。

在無邊的曠野上，在凜冽的天宇下，閃閃地旋轉升騰着的是雨的精魂⋯⋯

是的，那是孤獨的雪，是死掉的雨，是雨的精魂。

一九二五年一月十八日

風箏

◖ 導讀

《風箏》最初發表於 1925 年 2 月 2 日《語絲》週刊第十二期，副題《野草之九》，後收入《野草》。其實，早在 1919 年，魯迅在一組名為「自言自語」的散文詩中，已經以《我的兄弟》為題，寫過一次《風箏》的故事了。《風箏》可以視為《我的兄弟》的修訂版。

風箏總是與童年聯繫在一起，有一首歌中唱道：「又是一年三月三，風箏飛滿天，牽着我的思念和夢幻，走回到童年……」魯迅的《風箏》是一篇回憶幼年往事，抒發手足親情，並進行自我解剖的散文。全文以「風箏」為主線，寫了「我」幼小時候對於小兄弟「精神的虐殺」：「我」不愛放風箏，小兄弟最喜歡風箏，他曾經瞞了「我」，偷偷地做蝴蝶風箏，「我」發現後，悍然毀壞了他的風箏，「傲然」離開。人到中年，「我」方才明白「遊戲是兒童最正當的行為，玩具是兒童的天使」，此時此刻，「童心來復夢中身」，「我」曾經想要採取補過的方法，請求小兄弟的寬恕，可是小兄弟已全然忘卻，毫無怨恨，也就無寬恕可言了。

《風箏》中作者回憶兒時的舊事，滿懷傷感和自責的情緒。魯迅兄弟三人，他是家中長子。年少滄桑，父親去世時，魯迅還是一個年僅十五歲的少年。長兄如父，少年魯迅從此開始充當嚴父

的角色。認為放風箏是沒出息孩子所做的玩藝，正是這種少年老成心境的反映。但究其實，魯迅終其一生都關愛自己的兄弟們。1901 年，在寫給二弟周作人的詩中，魯迅有如下傾訴手足深情的句子：「夢魂常向故鄉馳，始信人間苦別離。夜半倚牀憶諸弟，殘燈如豆月明時。」不幸的是，1923 年，因家庭瑣事，魯迅與周作人兄弟失和，曾經的「兄弟怡怡」的境況不復存在。回顧故鄉與幼年，1925 年，當魯迅寫作《風箏》時，心境自然是悲哀和沉重的。

北京的冬季，地上還有積雪，灰黑色的禿樹枝丫叉於晴朗的天空中，而遠處有一二風箏浮動，在我是一種驚異和悲哀。

故鄉的風箏時節，是春二月，倘聽到沙沙的風輪聲，仰頭便能看見一個淡墨色的蟹風箏或嫩藍色的蜈蚣風箏。還有寂寞的瓦片風箏，沒有風輪，又放得很低，伶仃地顯出憔悴可憐的模樣。但此時地上的楊柳已經發芽，早的山桃也多吐蕾，和孩子們的天上的點綴相照應，打成一片春日的溫和。我現在在哪裏呢？四面都還是嚴冬的肅殺，而久經訣別的故鄉的久經逝去的春天，卻就在這天空中蕩漾了。

但我是向來不愛放風箏的，不但不愛，並且嫌惡它，因為我以為這是沒出息孩子所做的玩藝。和我相反的是我的小兄弟，他那時大概十歲內外罷，多病，瘦得不堪，然而最喜歡風箏，自己買不起，我又不許放，他只得張着小嘴，呆看着空中出神，有時至於小半日。遠處的蟹風箏突然落下來了，他驚呼；兩個瓦片風箏的纏繞解開了，他高興得跳躍。他的這些，在我看來都是笑柄，可鄙的。

有一天，我忽然想起，似乎多日不很看見他了，但記得曾見他在後園拾枯竹。我恍然大悟似的，便跑向少有人去的一間堆積雜物的小屋去，推開門，果然就在塵封的什物堆中發現了他。他向着大方凳，坐在小凳上；便很驚惶地站了起來，失了色瑟縮着。大方凳旁靠着一個胡蝶風箏的竹骨，還沒有糊上紙，凳上是一對做眼睛用的小風輪，正用紅紙條裝飾着，將要完工了。我在破獲祕密的滿足中，又很憤怒他的瞞了我的眼睛，這樣苦心孤詣地來偷做沒出息孩子的玩藝。

我即刻伸手折斷了胡蝶的一支翅骨，又將風輪擲在地下，踏扁了。論長幼，論力氣，他是都敵不過我的，我當然得到完全的勝利，於是傲然走出，留他絕望地站在小屋裏。後來他怎樣，我不知道，也沒有留心。

　　然而我的懲罰終於輪到了，在我們離別得很久之後，我已經是中年。我不幸偶而看了一本外國的講論兒童的書，才知道遊戲是兒童最正當的行為，玩具是兒童的天使。於是二十年來毫不憶及的幼小時候對於精神的虐殺的這一幕，忽地在眼前展開，而我的心也彷彿同時變了鉛塊，很重很重的墮下去了。

　　但心又不竟墮下去而至於斷絕，它只是很重很重地墮着，墮着。

　　我也知道補過的方法的：送他風箏，贊成他放，勸他放，我和他一同放。我們嚷着，跑着，笑着。——然而他其時已經和我一樣，早已有了鬍子了。

　　我也知道還有一個補過的方法的：去討他的寬恕，等他說，「我可是毫不怪你呵。」那麼，我的心一定就輕鬆了，這確是一個可行的方法。有一回，我們會面的時候，是臉上都已添刻了許多「生」的辛苦的條紋，而我的心很沉重。我們漸漸談起兒時的舊事來，我便敘述到這一節，自說少年時代的胡塗[①]。「我可是毫不怪你呵。」我想，他要說了，我即刻便受了寬恕，我的心從此也寬鬆了罷。

①　胡塗，同「糊塗」。

「有過這樣的事麼？」他驚異地笑着說，就像旁聽着別人的故事一樣。他甚麼也不記得了。

全然忘卻，毫無怨恨，又有甚麼寬恕之可言呢？無怨的恕，説謊罷了。

我還能希求甚麼呢？我的心只得沉重着。

現在，故鄉的春天又在這異地的空中了，既給我久經逝去的兒時的回憶，而一併也帶着無可把握的悲哀。我倒不如躲到肅殺的嚴冬中去罷，──但是，四面又明明是嚴冬，正給我非常的寒威和冷氣。

一九二五年一月二十四日

死火

▌ 導讀

　　《死火》最初發表於 1925 年 5 月 4 日《語絲》週刊第二十五期，副題《野草之十三》，後收入《野草》。金木水火土之一的「火」，是生命的組成元素。火是物體燃燒時所發的光和焰，我們都見過熊熊燃燒的火焰，騰空而起；搖曳多姿的火苗，冉冉上升。火總是動態的，它們「息息變幻，永無定形」，誰見過「有炎炎的形，但毫不搖動，全體冰結，像珊瑚枝」的死的火焰呢？死火的意象，是魯迅獨有的。

　　《死火》有一個頗顯突兀的開頭：「我夢見自己在冰山間奔馳」，這句話彷彿橫空而來，一下子就讓我們擺脫了現實的桎梏，神遊於瑰麗的冰山、冰谷和死火之間。有了「我夢見」這一超現實的語境，下面將要敍述的墜入冰谷，遇見死火的故事，也就順理成章了。

　　「我」用自己的溫熱，驚醒了死火。接下來最為驚心動魄的，是「我」與死火之間的一次關於「凍滅」與「燒完」的哲學對話：走出冰谷，死火能夠永不凍結，永得燃燒，但會「燒完」；留在冰谷，死火又將「凍滅」。無論是「凍」，還是「燒」，結果都是「滅」和「完」。這是關於人生意義的一個隱喻：結果都是一樣的，死亡是我們共同的終點；不同的只是過程，看你是選擇

寂寂無聞的「凍滅」，還是風風火火的「燒完」。死火選擇了「燒完」，這是戰鬥者的選擇。人固有一死，選擇「凍滅」，一事無成，黯然離世，這種死「輕於鴻毛」；選擇「燒完」，燃燒自己，照亮世界，這種死「重於泰山」。真的猛士，知道死如彗星之迅忽，依然義無反顧地選擇生如火花之耀亮！

　　「死火」是一種象徵。有人認為象徵着「革命者」，有人認為象徵着「青年」，還有人認為象徵着魯迅自己。讀者們，你們認為「死火」象徵着甚麼？

我夢見自己在冰山間奔馳。

這是高大的冰山，上接冰天，天上凍雲瀰漫，片片如魚鱗模樣。山麓有冰樹林，枝葉都如松杉。一切冰冷，一切青白。

但我忽然墜在冰谷中。

上下四旁無不冰冷，青白。而一切青白冰上，卻有紅影無數，糾結如珊瑚網。我俯看腳下，有火焰在。

這是死火。有炎炎的形，但毫不搖動，全體冰結，像珊瑚枝；尖端還有凝固的黑煙，疑這才從火宅中出，所以枯焦。這樣，映在冰的四壁，而且互相反映，化為無量數影，使這冰谷，成紅珊瑚色。

哈哈！

當我幼小的時候，本就愛看快艦激起的浪花，洪爐噴出的烈焰。不但愛看，還想看清。可惜他們都息息變幻，永無定形。雖然凝視又凝視，總不留下怎樣一定的跡象。

死的火焰，現在先得到了你了！

我拾起死火，正要細看，那冷氣已使我的指頭焦灼；但是，我還熬着，將他塞入衣袋中間。冰谷四面，登時完全青白。我一面思索着走出冰谷的法子。

我的身上噴出一縷黑煙，上升如鐵線蛇。冰谷四面，又登時滿有紅焰流動，如大火聚，將我包圍。我低頭一看，死火已經燃燒，燒穿了我的衣裳，流在冰地上了。

「唉，朋友！你用了你的温熱，將我驚醒了。」他說。

我連忙和他招呼，問他名姓。

「我原先被人遺棄在冰谷中，」他答非所問地說，「遺棄

我的早已滅亡，消盡了。我也被冰凍凍得要死。倘使你不給我溫熱，使我重行燒起，我不久就須滅亡。」

「你的醒來，使我歡喜。我正在想着走出冰谷的方法；我願意攜帶你去，使你永不冰結，永得燃燒。」

「唉唉！那麼，我將燒完！」

「你的燒完，使我惋惜。我便將你留下，仍在這裏罷。」

「唉唉！那麼，我將凍滅了！」

「那麼，怎麼辦呢？」

「但你自己，又怎麼辦呢？」他反而問。

「我說過了：我要出這冰谷⋯⋯」

「那我就不如燒完！」

他忽而躍起，如紅彗星，並我都出冰谷口外。有大石車突然馳來，我終於碾死在車輪底下，但我還來得及看見那車就墜入冰谷中。

「哈哈！你們是再也遇不着死火了！」我得意地笑着說，彷彿就願意這樣似的。

一九二五年四月二十三日

立 論

◀ 導讀

　　《立論》最初發表於 1925 年 7 月 13 日《語絲》週刊第三十五期，副題為《野草之十七》，後收入《野草》。《立論》依然以「我夢見自己」開頭 —— 這也是散文詩集《野草》的經典開場白，《立論》主要敘述了「我」在講堂上預備作文，向老師請教立論的方法的情景。

　　老師講了一個「立論」的故事，發人深思。對於一個剛剛滿月的男孩，有人信口說謊話，給孩子許下錦繡前程：「這孩子將來要發財的」、「這孩子將來要做官的」，他們如願收回了家長的感謝和恭維；有人實話實說，不顧利害說真話：「這孩子將來是要死的」，他遭到一頓大家合力的痛打。如果既不願撒謊，也不願遭打，得說：「啊呀！這孩子呵！您瞧！多麼⋯⋯阿唷！哈哈！」其實也就是說了一大通，還是等於沒有說，類似於「今天天氣，哈哈哈⋯⋯」而已，這是「廢話」。

　　《立論》對圓滑敷衍、迴避矛盾、明哲保身的市儈哲學，給予了強烈的批判。日常生活中，我們常常會看到：在不敢說「真話」，也不敢說「謊話」的情況下，人們往往會選擇說「廢話」。這既是中國社會作古文的祕訣，也是中國社會做好人的祕訣。人們作文立論，追求折中調和，四平八穩；人們為人處世，不顧是

非曲直，只求一團和氣，符合中庸之道。魯迅曾提煉其口訣曰：
要做古文，做好人，必須做了一通，仍舊等於一張的白紙。

　　在寫於 1932 年的雜文《做古文和做好人的祕訣》裏，魯迅
繼續批判這種市儈哲學，並且沉痛地指出：「社會上的一切，甚
麼也沒有進步的病根就在此。」因此，魯迅一輩子反對「瞞」和
「騙」，呼喚貓頭鷹的不祥之音，並以自己的文字，不斷地發出舊
時代崩潰的「真的惡聲」。

　　我夢見自己正在小學校的講堂上預備作文，向老師請教立論的方法。

　　「難！」老師從眼鏡圈外斜射出眼光來，看着我，說。「我告訴你一件事——

　　「一家人家生了一個男孩，合家高興透頂了。滿月的時候，抱出來給客人看，——大概自然是想得一點好兆頭。

　　「一個說：『這孩子將來要發財的。』他於是得到一番感謝。

　　「一個說：『這孩子將來要做官的。』他於是收回幾句恭維。

　　「一個說：『這孩子將來是要死的。』他於是得到一頓大家合力的痛打。

　　「說要死的必然，說富貴的許謊。但說謊的得好報，說必然的遭打。你……」

　　「我願意既不謊人，也不遭打。那麼，老師，我得怎麼說呢？」

　　「那麼，你得說：『啊呀！這孩子呵！您瞧！多麼……阿唷！哈哈！Hehe！ he，hehehehe！』[1]」

---

①　象聲詞，即「嘿嘿！嘿，嘿嘿嘿嘿！」

死後

○ 導讀

《死後》最初發表於 1925 年 7 月 20 日《語絲》週刊第三十六期，副題為《野草之十八》，後收入《野草》。《死後》以《野草》集的招牌式開頭「我夢見自己」落筆，設想了「我」死後的種種遭遇。在魯迅的作品中，以「死」為題材的還有一篇直接命名為《死》的奇文。

孔子曰「未知生，焉知死？」，傳統中國人是諱言「死」的。然而，西方哲人有云：「人，向死而生」，人必有一死，凡是不可避免的就是理所當然的。在 20 世紀的中國，以強烈的生存意識直面死亡問題的，始自魯迅。

《死後》是一篇詭異的作品，具有強烈的象徵意義。它構思新奇，虛擬了「我」死後的命運，表達的是對醜惡現實的批判。《死後》一文中，「我」的死亡並非全死，只是運動神經的廢滅，而知覺還在，所以自己死後的種種：首先是冷漠看客的議論紛紛，接著是馬蟻（螞蟻）、青蠅等「蟲豸」的騷擾，此外還有巡警蠻橫粗暴的責罵，最後是書鋪夥計的強行推銷古籍……真是「六面碰壁」，不得安寧。「我」慶幸自己「影一般死掉了，連仇敵也不使知道，不肯贈給他們一點惠而不費的歡欣」。

《死後》表達了作為先驅者的魯迅，面對庸俗世態的決絕態度。在冷漠的看客包圍之下，「我」的死亡只不過增加了人們茶餘

飯後的談資；「青蠅」們謬託知己，在死者身上尋找做論的材料；在指揮刀下，「巡警」不讓人們有任意死掉的權利；「小夥計」甚至向死者兜售古書，準備發一筆死人財……

我夢見自己死在道路上。

這是那裏,我怎麼到這裏來,怎麼死的,這些事我全不明白。總之,待到我自己知道已經死掉的時候,就已經死在那裏了。

聽到幾聲喜鵲叫,接着是一陣烏老鴉。空氣很清爽,——雖然也帶些土氣息,——大約正當黎明時候罷。我想睜開眼睛來,他卻絲毫也不動,簡直不像是我的眼睛;於是想抬手,也一樣。

恐怖的利鏃[1]忽然穿透我的心了。在我生存時,曾經玩笑地設想:假使一個人的死亡,只是運動神經的廢滅,而知覺還在,那就比全死了更可怕。誰知道我的預想竟的中了,我自己就在證實這預想。

聽到腳步聲,走路的罷。一輛獨輪車從我的頭邊推過,大約是重載的,軋軋地叫得人心煩,還有些牙齒齼[2]。很覺得滿眼緋紅,一定是太陽上來了。那麼,我的臉是朝東的。但那都沒有甚麼關係。切切嚓嚓[3]的人聲,看熱鬧的。他們踹起黃土來,飛進我的鼻孔,使我想打噴嚏了,但終於沒有打,僅有想打的心。

陸陸續續地又是腳步聲,都到近旁就停下,還有更多的低語聲:看的人多起來了。我忽然很想聽聽他們的議論。但同時想,我生存時說的甚麼批評不值一笑的話,大概是違心

---

① 利鏃(zú),利箭。

② 齼(chǔ),牙齒酸痛。

③ 切切嚓嚓,形容人聲嘈雜的樣子。

之論罷：才死，就露了破綻了。然而還是聽；然而畢竟得不到結論，歸納起來不過是這樣——

「死了？……」

「嗡。——這……」

「哼！……」

「嘖。……唉！……」

我十分高興，因為始終沒有聽到一個熟識的聲音。否則，或者害得他們傷心；或則要使他們快意；或則要使他們加添些飯後閒談的材料，多破費寶貴的工夫；這都會使我很抱歉。現在誰也看不見，就是誰也不受影響。好了，總算對得起人了！

但是，大約是一個馬蟻④，在我的脊樑上爬着，癢癢的。我一點也不能動，已經沒有除去他的能力了；倘在平時，只將身子一扭，就能使他退避。而且，大腿上又爬着一個哩！你們是做甚麼的？蟲豸⑤！？

事情可更壞了：嗡的一聲，就有一個青蠅停在我的顴骨上，走了幾步，又一飛，開口便舐我的鼻尖。我懊惱地想：足下，我不是甚麼偉人，你無須到我身上來尋做論的材料……但是不能說出來。他卻從鼻尖跑下，又用冷舌頭來舐我的嘴脣了，不知道可是表示親愛。還有幾個則聚在眉毛上，跨一步，我的毛根就一搖。實在使我煩厭得不堪，——

---

④　馬蟻，同「螞蟻」。

⑤　蟲豸（zhì），即蟲子。

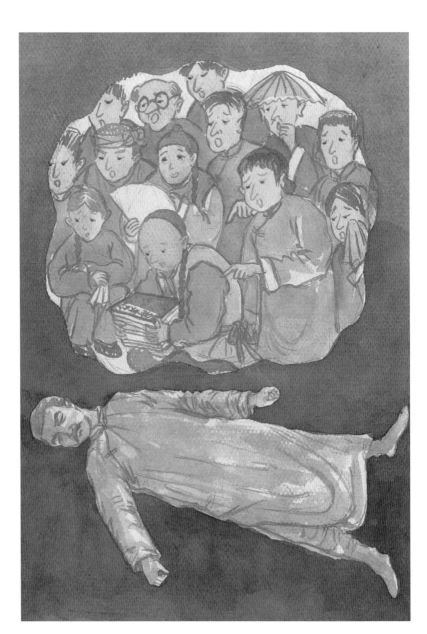

不堪之至。

忽然，一陣風，一片東西從上面蓋下來，他們就一同飛開了，臨走時還說——

「惜哉！……」

我憤怒得幾乎昏厥過去。

木材摔在地上的鈍重的聲音同着地面的震動，使我忽然清醒，前額上感着蘆席的條紋。但那蘆席就被掀去了，又立刻感到了日光的灼熱。還聽得有人說——

「怎麼要死在這裏？……」

這聲音離我很近，他正彎着腰罷。但人應該死在那裏呢？我先前以為人在地上雖沒有任意生存的權利，卻總有任意死掉的權利的。現在才知道並不然，也很難適合人們的公意。可惜我久沒了紙筆；即有也不能寫，而且即使寫了也沒有地方發表了。只好就這樣地拋開。

有人來抬我，也不知道是誰。聽到刀鞘聲，還有巡警在這裏罷，在我所不應該「死在這裏」的這裏。我被翻了幾個轉身，便覺得向上一舉，又往下一沉；又聽得蓋了蓋，釘着釘。但是，奇怪，只釘了兩個。難道這裏的棺材釘，是只釘兩個的麼？

我想：這回是六面碰壁，外加釘子。真是完全失敗，嗚呼哀哉了！……

「氣悶！……」我又想。

然而我其實卻比先前已經寧靜得多，雖然知不清埋了沒有。在手背上觸到草席的條紋，覺得這屍衾倒也不惡。只不知道是誰給我化錢的，可惜！但是，可惡，收斂的小子們！

我背後的小衫的一角皺起來了，他們並不給我拉平，現在抵得我很難受。你們以為死人無知，做事就這樣地草率麼？哈哈！

我的身體似乎比活的時候要重得多，所以壓着衣皺便格外的不舒服。但我想，不久就可以習慣的；或者就要腐爛，不至於再有甚麼大麻煩。此刻還不如靜靜地靜着想。

「您好？您死了麼？」

是一個頗為耳熟的聲音。睜眼看時，卻是勃古齋舊書鋪的跑外的小夥計。不見約有二十多年了，倒還是那一副老樣子。我又看看六面的壁，委實太毛糙，簡直毫沒有加過一點修刮，鋸絨還是毛氃氃 ⑥ 的。

「那不礙事，那不要緊。」他說，一面打開暗藍色布的包裹來。「這是明板《公羊傳》⑦，嘉靖黑口本，給您送來了。您留下他罷。這是……」

「你！」我詫異地看定他的眼睛，說：「你莫非真正胡塗了？你看我這模樣，還要看甚麼明板？……」

「那可以看，那不礙事。」

我即刻閉上眼睛，因為對他很煩厭。停了一會，沒有聲息，他大約走了。但是似乎一個馬蟻又在脖子上爬起來，終於爬到臉上，只繞着眼眶轉圈子。

萬不料人的思想，是死掉之後也還會變化的。忽而，有一種力將我的心的平安衝破；同時，許多夢也都做在眼前

---

⑥ 毛氃（sǎn）氃，毛髮、枝條等細長的樣子。

⑦ 《公羊傳》，春秋三傳之一，另外兩傳為《左傳》、《穀梁傳》。

了。幾個朋友祝我安樂，幾個仇敵祝我滅亡。我卻總是既不安樂，也不滅亡地不上不下地生活下來，都不能副任何一面的期望。現在又影一般死掉了，連仇敵也不使知道，不肯贈給他們一點惠而不費的歡欣。……

我覺得在快意中要哭出來。這大概是我死後第一次的哭。

然而終於也沒有眼淚流下；只看見眼前彷彿有火花一閃，我於是坐了起來。

一九二五年七月十二日

聰明人和傻子和奴才

◗ 導讀

　　《聰明人和傻子和奴才》最初發表於 1926 年 1 月 4 日《語絲》週刊第六十期，副題《野草之二十》，後收入《野草》。魯迅認為，中國的歷史，不過是在「想做奴隸而不得的時代」與「暫時做穩了奴隸的時代」之間循環往復。《聰明人和傻子和奴才》以一則簡短的寓言故事，寫到了身處奴隸時代的中國人，面對奴隸統治的三種不同態度。

　　首先是奴才。奴才對自己被壓迫的生存狀況也有不滿，因此他總是找人訴苦、鳴不平，但他並不準備反抗，相反，他對奴隸生活，已經習以為常。我們看他那一段順溜的訴苦詞：「清早擔水晚燒飯，上午跑街夜磨麵，晴洗衣裳雨張傘，冬燒汽爐夏打扇⋯⋯」這段訴苦詞全是七字短句，句尾還押了韻，唸起來朗朗上口，可見奴才唸叨這套「訴苦經」已經很久了，訴苦詞背得滾瓜爛熟，他似乎還在享受一種語言的趣味，樂在其中。奴才不但安於現狀，還能從奴隸生活中尋出辭章之「美」來，這真是萬劫不復的奴才。奴才的訴苦只是一種習慣，類似於口頭禪。這樣的奴才是整個奴隸統治長治久安的基礎。

　　其次是聰明人。對於奴才，聰明人會適時地表演廉價的同情。聽了奴才的訴苦，他神色「慘然」；當他表演着同情之心時，

他入戲很深：「歎息着，眼圈有些發紅，似乎要下淚」；他同情和慰安的話語具有麻醉作用，奴才聽後，不平消失了，心情舒坦了。聰明人其實是奴隸統治的幫閒，但他不動聲色，儼然置身事外，幫得不露痕跡。

　　最後是傻子。魯迅筆下，被愚昧的羣眾稱為「傻子」、「瘋子」的人，其實正是「中國的脊樑」，他們中有埋頭苦幹的人，有拚命硬幹的人，有為民請命的人，有捨身求法的人……文中的傻子，就是一個不顧利害的行動派：聽到奴才説冤苦，他不但「大叫」，而且動手，要為奴才砸牆開窗。

奴才總不過是尋人訴苦。只要這樣，也只能這樣。有一日，他遇到一個聰明人。

「先生！」他悲哀地說，眼淚聯成一線，就從眼角上直流下來。「你知道的。我所過的簡直不是人的生活。吃的是一天未必有一餐，這一餐又不過是高粱皮，連豬狗都不要吃的，尚且只有一小碗……」

「這實在令人同情。」聰明人也慘然說。

「可不是麼！」他高興了。「可是做工是晝夜無休息的：清早擔水晚燒飯，上午跑街夜磨麵，晴洗衣裳雨張傘，冬燒汽爐夏打扇。半夜要煨銀耳，侍候主人耍錢；頭錢從來沒分，有時還挨皮鞭……」

「唉唉……」聰明人歎息着，眼圈有些發紅，似乎要下淚。

「先生！我這樣是敷衍不下去的。我總得另外想法子。可是甚麼法子呢？……」

「我想，你總會好起來……」

「是麼？但願如此。可是我對先生訴了冤苦，又得你的同情和慰安，已經舒坦得不少了。可見天理沒有滅絕……」

但是，不幾日，他又不平起來了，仍然尋人去訴苦。

「先生！」他流着眼淚說，「你知道的。我住的簡直比豬窠還不如。主人並不將我當人；他對他的叭兒狗還要好到幾萬倍……」

「混帳！」那人大叫起來，使他吃驚了。那人是一個傻子。

「先生，我住的只是一間破小屋，又濕，又陰，滿是臭

蟲，睡下去就咬得真可以。穢氣衝着鼻子，四面又沒有一個窗……」

「你不會要你的主人開一個窗的麼？」

「這怎麼行？……」

「那麼，你帶我去看去！」

傻子跟奴才到他屋外，動手就砸那泥牆。

「先生！你幹甚麼？」他大驚地說。

「我給你打開一個窗洞來。」

「這不行！主人要罵的！」

「管他呢！」他仍然砸。

「人來呀！強盜在毀咱們的屋子了！快來呀！遲一點可要打出窟窿來了！……」他哭嚷着，在地上團團地打滾。

一羣奴才都出來了，將傻子趕走。

聽到了喊聲，慢慢地最後出來的是主人。

「有強盜要來毀咱們的屋子，我首先叫喊起來，大家一同把他趕走了。」他恭敬而得勝地說。

「你不錯。」主人這樣誇獎他。

這一天就來了許多慰問的人，聰明人也在內。

「先生，這回因為我有功，主人誇獎了我了。你先前說我總會好起來，實在是有先見之明……」他大有希望似的高興地說。

「可不是麼……」聰明人也代為高興似的回答他。

一九二五年十二月二十六日

論雷峯塔的倒掉

導讀

《論雷峯塔的倒掉》最初發表於 1924 年 11 月 17 日北京《語絲》週刊第一期，後收入雜文集《墳》。1924 年 9 月 25 日，杭州西湖上的雷峯塔倒塌了，這是一則當年轟動一時的社會新聞，魯迅聽説此事，欣喜之情溢於言表，一個月後，即寫成《論雷峯塔的倒掉》一文。

《論雷峯塔的倒掉》是一篇以議論為主的雜文，全文藉「鎮壓之塔」雷峯塔的倒掉，歌頌白蛇娘娘為追求幸福而勇敢鬥爭的精神，抨擊以法海為代表的封建專制禮教。在寫法上，以議為主，夾敍夾議，在對「白蛇傳」、「蟹和尚」等民間故事的精彩講述中，自然而然地帶出作者的議論，引人入勝，妙趣橫生。「水滿金山」一案，白蛇娘娘尋夫遇難，玉皇大帝拿辦法海，法海躲在蟹殼裏避禍，這些生動活潑的故事，作者講得娓娓動聽。説故事是為了講道理，為了闡明作者的觀點。正是有了記敍部分的人、物、故事、情節的鋪墊，議論部分的道理、看法、觀點也就水到渠成，順理成章，不抽象空洞，也不強加於人。

作者以詼諧幽默的語言，勾勒了法海和尚的漫畫像。初出場時，法海本是「得道的禪師」、「非凡的人」，可惜他太多事，「偏要」放下經卷，「橫來」招是搬非，作者揣度他的心理活動是「大

約是懷着嫉妒罷」。玉皇大帝捉拿他時，法海逃來逃去，最終落得躲在蟹殼裏「獨自靜坐」的下場。文末對「剝蟹」環節的細膩描寫之後，呈現一個「有頭臉，身子，是坐着的」的羅漢模樣的東西，正是對蟹殼裏的法海和尚的諷刺與嘲笑。

在《從百草園到三味書屋》裏，長媽媽講過一個美女蛇的故事，那個美女蛇最後被老和尚用飛蜈蚣治死了；《論雷峯塔的倒掉》裏面，白蛇娘娘被法海和尚造塔鎮壓，其實也是一個美女蛇的故事。兩條美女蛇，兩個老和尚，你認為作者的態度有何不同？

聽説，杭州西湖上的雷峯塔倒掉了，聽説而已，我沒有親見。但我卻見過未倒的雷峯塔，破破爛爛的映掩於湖光山色之間，落山的太陽照着這些四近的地方，就是「雷峯夕照」，西湖十景之一。「雷峯夕照」的真景我也見過，並不見佳，我以為。

然而一切西湖勝跡的名目之中，我知道得最早的卻是這雷峯塔。我的祖母曾經常常對我説，白蛇娘娘就被壓在這塔底下。有個叫做許仙的人救了兩條蛇，一青一白，後來白蛇便化作女人來報恩，嫁給許仙了；青蛇化作丫鬟，也跟着。一個和尚，法海禪師，得道的禪師，看見許仙臉上有妖氣，——凡討妖怪作老婆的人，臉上就有妖氣的，但只有非凡的人才看得出，——便將他藏在金山寺的法座後，白蛇娘娘來尋夫，於是就「水滿金山」。我的祖母講起來還要有趣得多，大約是出於一部彈詞叫作《義妖傳》裏的，但我沒有看過這部書，所以也不知道「許仙」、「法海」究竟是否這樣寫。總而言之，白蛇娘娘終於中了法海的計策，被裝在一個小小的缽盂裏了。缽盂埋在地裏，上面還造起一座鎮壓的塔來，這就是雷峯塔。此後似乎事情還很多，如「白狀元祭塔」之類，但我現在都忘記了。

那時我惟一的希望，就在這雷峯塔的倒掉。後來我長大了，到杭州，看見這破破爛爛的塔，心裏就不舒服。後來我看看書，説杭州人又叫這塔作「保叔塔」，其實應該寫作「保俶塔」，是錢王的兒子造的。那麼，裏面當然沒有白蛇娘娘了，然而我心裏仍然不舒服，仍然希望他倒掉。

現在，他居然倒掉了，則普天之下的人民，其欣喜為何如？

　　這是有事實可證的。試到吳越的山間海濱，探聽民意去。凡有田夫野老，蠶婦村氓，除了幾個腦髓裏有點貴恙的之外，可有誰不為白娘娘抱不平，不怪法海太多事的？

　　和尚本應該只管自己唸經。白蛇自迷許仙，許仙自娶妖怪，和別人有甚麼相干呢？他偏要放下經卷，橫來招是搬非，大約是懷着嫉妒罷，——那簡直是一定的。

　　聽說，後來玉皇大帝也就怪法海多事，以至荼毒生靈，想要拿辦他了。他逃來逃去，終於逃在蟹殼裏避禍，不敢再出來，到現在還如此。我對於玉皇大帝所做的事，腹誹的非常多，獨於這一件卻很滿意，因為「水滿金山」一案，的確應該由法海負責；他實在辦得很不錯。只可惜我那時沒有打聽這話的出處，或者不在《義妖傳》中，卻是民間的傳說罷。

　　秋高稻熟時節，吳越間所多的是螃蟹，煮到通紅之後，無論取那一隻，揭開背殼來，裏面就有黃，有膏；倘是雌的，就有石榴子一般鮮紅的子。先將這些吃完，即一定露出一個圓錐形的薄膜，再用小刀小心地沿着錐底切下，取出，翻轉，使裏面向外，只要不破，便變成一個羅漢模樣的東西，有頭臉，身子，是坐着的，我們那裏的小孩子都稱他「蟹和尚」，就是躲在裏面避難的法海。

　　當初，白蛇娘娘壓在塔底下，法海禪師躲在蟹殼裏。現在卻只有這位老禪師獨自靜坐了，非到螃蟹斷種的那一天為止出不來。莫非他造塔的時候，竟沒有想到塔是終究要倒的麼？

　　活該。

一九二四年十月二十八日

戰 士 和 蒼 蠅

▌導讀

　　《戰士和蒼蠅》最初發表於 1925 年 3 月 24 日北京《京報》附刊《民眾文藝週刊》第十四號，後收入《華蓋集》。《戰士和蒼蠅》有着強烈的現實針對性。1925 年 3 月 12 日，孫中山先生在北京病逝。3 月 13 日，也就是孫中山先生逝世後第二天，《晨報》所載梁啟超答記者問《孫文之價值》中，污衊孫中山先生一生「為目的而不擇手段」，「無從判斷他的真價值」。梁啟超的論調有一定的代表性，當時對孫中山先生「譏笑糟蹋」的人不在少數。3 月 21 日，即孫中山先生逝世後第九天，魯迅寫下《戰士和蒼蠅》，就是針對此種論調，有感而發。作者後來曾對本篇題旨有所說明：「所謂戰士者，是指中山先生和民國元年前後殉國而反受奴才們譏笑糟蹋的先烈；蒼蠅則當然是指奴才們。」

　　從寫法上看，《戰士和蒼蠅》題目就給人耳目一新之感：「戰士」和「蒼蠅」，風馬牛不相及，如何拉扯在一起作文？顯然，這裏的「蒼蠅」是一種比喻。開篇第一句，作者引經據典，從德國哲學家叔本華的一段話說起，自然引入全篇的主題：怎樣估定人的偉大？

　　接下來，作者以一系列格言警句，闡發他對於戰士和蒼蠅的犀利見解。精神上的大，距離越近則越小。戰士戰死了的時候，

蒼蠅們吹毛求疵，他們首先發現的正是戰士的缺點和傷痕，蒼蠅
們因自己的「完全」得意洋洋，自以為比死了的戰士更英雄。
然而，「有缺點的戰士終竟是戰士，完美的蒼蠅也終竟不過是蒼
蠅」，這是魯迅式哲理詩，表達了對戰士的熱情讚美，對蒼蠅的極
端鄙視。對於創造民國的戰士，而且是第一人的孫中山先生的功
績，魯迅具有深刻的理解力：「他是一個全體，永遠的革命者。無
論所做的那一件，全都是革命。無論後人如何吹求他，冷落他，
他終於全都是革命。」魯迅自己，正是一個戰士。

Schopenhauer[1] 說過這樣的話：要估定人的偉大，則精神上的大和體格上的大，那法則完全相反。後者距離愈遠即愈小，前者卻見得愈大。

正因為近則愈小，而且愈看見缺點和創傷，所以他就和我們一樣，不是神道，不是妖怪，不是異獸。他仍然是人，不過如此。但也惟其如此，所以他是偉大的人。

戰士戰死了的時候，蒼蠅們所首先發見的是他的缺點和傷痕，嘬着，營營地叫着，以為得意，以為比死了的戰士更英雄。但是戰士已經戰死了，不再來揮去他們。於是乎蒼蠅們即更其營營地叫，自以為倒是不朽的聲音，因為牠們的完全，遠在戰士之上。

的確的，誰也沒有發見過蒼蠅們的缺點和創傷。然而，有缺點的戰士終竟是戰士，完美的蒼蠅也終竟不過是蒼蠅。

去罷，蒼蠅們！雖然生着翅子，還能營營，總不會超過戰士的。你們這些蟲豸們！

三月二十一日

[1]　通譯叔本華，德國哲學家。

夏 三 蟲

導讀

　　《夏三蟲》最初發表於 1925 年 4 月 7 日《京報》附刊《民眾文藝週刊》第十六號，收入《華蓋集》。夏天來臨，跳蚤多，蚊子多，蒼蠅多，牠們就是魯迅所謂的「夏三蟲」。跳蚤、蚊子和蒼蠅，人人避之唯恐不及。但在《夏三蟲》一文中，作者比較了這三種絕不可愛的小昆蟲，在「三害相權取其輕」的情況下，從中挑出了自己的最愛：跳蚤。

　　跳蚤吮血時，直截了當，乾脆利落：一聲不響，就是一口。蚊子則在叮人之前，先要哼哼地發表一通高論，或許牠所哼的是在說明人血應該給牠充飢的理由，這就更加可惡了：已經吸人血了，還要談道理，弄玄虛，論證吸血行為的合理性，讓自己心安理得，讓對方被叮得心悅誠服、死心塌地。蒼蠅擅長嗡嗡，牠場面不大，不過是「舐一點油汗」，碰到傷痕或瘡癤，更佔一點便宜；對於「無論怎麼好的，美的，乾淨的東西，又總喜歡一律拉上一點蠅矢」，牠的所作所為，對於麻木的人們，沒有切膚之痛，其危害性因此被習焉不察。

　　蚊子哼哼叫，蒼蠅嗡嗡鬧，都讓人憎惡。然而，蚊子、蒼蠅並不是最可惡的，最可惡的是人類中的「蚊子」和「蒼蠅」——為北洋軍閥奔走效力的文人。這些御用文人發高論，談玄虛，為吸

人血的統治制度歌功頌德，所作所為正與蚊子、蒼蠅相類似，其德行甚至比禽獸還不如，所以魯迅感慨：「古今君子，每以禽獸斥人，殊不知便是昆蟲，值得師法的地方也多着哪。」通篇談論夏三蟲：跳蚤、蚊子和蒼蠅，其實作者寓不盡之意於言外，批判的鋒芒最終指向為反動統治護法的無恥文人。歸根結柢，「夏三蟲」全是比喻，是一種修辭。

　　夏天近了，將有三蟲：蚤，蚊，蠅。

　　假如有誰提出一個問題，問我三者之中，最愛甚麼，而且非愛一個不可，又不准像「青年必讀書」那樣的繳白卷的。我便只得回答道：跳蚤。

　　跳蚤的來吮血，雖然可惡，而一聲不響地就是一口，何等直截爽快。蚊子便不然了，一針叮進皮膚，自然還可以算得有點徹底的，但當未叮之前，要哼哼地發一篇大議論，卻使人覺得討厭。如果所哼的是在說明人血應該給牠充飢的理由，那可更其討厭了，幸而我不懂。

　　野雀野鹿，一落在人手中，總時時刻刻想要逃走。其實，在山林間，上有鷹鸇①，下有虎狼，何嘗比在人手裏安全。為甚麼當初不逃到人類中來，現在卻要逃到鷹鸇虎狼間去？或者，鷹鸇虎狼之於牠們，正如跳蚤之於我們罷。肚子餓了，抓着就是一口，決不談道理，弄玄虛。被吃着也無須在被吃之前，先承認自己之理應被吃，心悅誠服，誓死不二。人類，可是也頗擅長於哼哼的了，害中取小，牠們的避之惟恐不速，正是絕頂聰明。

　　蒼蠅嗡嗡地鬧了大半天，停下來也不過舐一點油汗，倘有傷痕或瘡癤，自然更佔一些便宜；無論怎麼好的，美的，乾淨的東西，又總喜歡一律拉上一點蠅矢②。但因為只舐一點油汗，只添一點腌臢，在麻木的人們還沒有切膚之痛，所以

---

① 鸇（zhān），一種猛禽。

② 矢，即「屎」。

也就將牠放過了。中國人還不很知道牠能夠傳播病菌，捕蠅運動大概不見得興盛。牠們的運命是長久的；還要更繁殖。

但牠在好的，美的，乾淨的東西上拉了蠅矢之後，似乎還不至於欣欣然反過來嘲笑這東西的不潔：總要算還有一點道德的。

古今君子，每以禽獸斥人，殊不知便是昆蟲，值得師法的地方也多着哪。

四月四日

看 鏡 有 感

◖ **導讀**

　　《看鏡有感》最初發表於 1925 年 3 月 2 日《語絲》週刊第
十六期，後收入《墳》。作者以自己收藏的幾面古銅鏡子上的裝
飾物為話題，旁徵博引，左右逢源，比較了漢、唐和宋、清等朝
代對待外來事物和外來文化的不同態度，批判了國粹家反對新事
物，抗拒外來文化的保守行為。

　　作者盛讚漢唐時期「雖然也有邊患，但魄力究竟雄大，人
民具有不至於為異族奴隸的自信心，或者竟毫未想到，凡取用外
來事物的時候，就如將彼俘來一樣，自由驅使，絕不介懷」，感
慨宋、清時期「世風日下」，對待外來事物，豁達閎大之風消歇
淨盡，各種避忌，諸多禁條。撫今追昔，作者指出對待外來事物
的正確態度：「要進步或不退步，總須時時自出新裁，至少也必
取材異域，倘若各種顧忌，各種小心，各種嘮叨，這麼做即違了
祖宗，那麼做又像了夷狄，終生惴惴如在薄冰上，發抖尚且來不
及，怎麼會做出好東西來。」作者所極力提倡的，其實是一種文
化上的「拿來主義」：「放開度量，大膽地，無畏地，將新文化盡
量地吸收」。

　　古人云：以銅為鏡，可以正衣冠；以古為鏡，可以知興替。
《看鏡有感》一文，由幾面似乎微不足道的古銅鏡說起，以小見

大，有感而發。作者歷數銅鏡的前世今生，是為了批判國粹主義，提倡拿來主義。這種由一個小飾物引發大問題的寫作方法，深得「小題大做」之妙，能夠見微知著，引人深思。作者知識淵博，他講花紋，談食物，説印文，聊玻璃鏡……古今中外有關銅鏡的種種奇聞異事，都能信手拈來，涉筆成趣。幾千字的篇幅，作者已為我們勾勒了一部不但脈絡清晰，而且妙趣橫生的「銅鏡小史」。

因為翻衣箱，翻出幾面古銅鏡子來，大概是民國初年初到北京時候買在那裏的，「情隨事遷」，全然忘卻，宛如見了隔世的東西了。

一面圓徑不過二寸，很厚重，背面滿刻蒲陶^①，還有跳躍的鼺鼠，沿邊是一圈小飛禽。古董店家都稱為「海馬葡萄鏡」。但我的一面並無海馬，其實和名稱不相當。記得曾見過別一面，是有海馬的，但貴極，沒有買。這些都是漢代的鏡子；後來也有模造或翻沙者，花紋可造粗拙得多了。漢武通大宛安息，以致天馬蒲陶，大概當時是視為盛事的，所以便取作什器的裝飾。古時，於外來物品，每加海字，如海榴，海紅花，海棠之類。海即現在之所謂洋，海馬譯成今文，當然就是洋馬。鏡鼻是一個蝦蟆，則因為鏡如滿月，月中有蟾蜍之故，和漢事不相干了。

遙想漢人多少閎放，新來的動植物，即毫不拘忌，來充裝飾的花紋。唐人也還不算弱，例如漢人的墓前石獸，多是羊，虎，天祿，辟邪^②，而長安的昭陵上，卻刻着帶箭的駿馬^③，還有一匹駝鳥，則辦法簡直前無古人。現今在墳墓上不待言，即平常的繪畫，可有人敢用一朵洋花一隻洋鳥，即私人的印章，可有人肯用一個草書一個俗字麼？許多雅人，連記年月也必是甲子，怕用民國紀元。不知道是沒有如此大膽

---

① 蒲陶，即「葡萄」。

② 天祿、辟邪，皆為傳說中產於今日阿富汗西部的動物，似鹿，一角者為天祿，二角者為辟邪。

③ 昭陵是唐太宗李世民的陵墓，陵寢殿中他生前所騎名馬颯露紫的石刻浮雕像。

的藝術家；還是雖有而民眾都加迫害，他於是乎只得萎縮，死掉了？

宋的文藝，現在似的國粹氣味就熏人。然而遼金元陸續進來了，這消息很耐尋味。漢唐雖然也有邊患，但魄力究竟雄大，人民具有不至於為異族奴隸的自信心，或者竟毫未想到，凡取用外來事物的時候，就如將彼俘來一樣，自由驅使，絕不介懷。一到衰弊陵夷之際，神經可就衰弱過敏了，每遇外國東西，便覺得彷彿彼來俘我一樣，推拒，惶恐，退縮，逃避，抖成一團，又必想一篇道理來掩飾，而國粹遂成為屠王和屠奴的寶貝。

無論從那裏來的，只要是食物，壯健者大抵就無需思索，承認是吃的東西。惟有衰病的，卻總常想到害胃，傷身，特有許多禁條，許多避忌；還有一大套比較利害而終於不得要領的理由，例如吃固無妨，而不吃尤穩，食之或當有益，然究以不吃為宜云云之類。但這一類人物總要日見其衰弱的，因為他終日戰戰兢兢，自己先已失了活氣了。

不知道南宋比現今如何，但對外敵，卻明明已經稱臣，惟獨在國內特多繁文縟節以及嘮叨的碎話。正如倒黴人物，偏多忌諱一般，豁達閎大之風消歇淨盡了。直到後來，都沒有甚麼大變化。我曾在古物陳列所所陳列的古畫上看見一顆印文，是幾個羅馬字母。但那是所謂「我聖祖仁皇帝」[④]的印，是征服了漢族的主人，所以他敢；漢族的奴才是不敢的。便是現在，便是藝術家，可有敢用洋文的印的麼？

④　指清朝康熙皇帝玄燁。

清順治中，時憲書⑤上印有「依西洋新法」五個字，痛哭流涕來劾洋人湯若望的偏是漢人楊光先。直到康熙初，爭勝了，就教他做欽天監正去，則又叩閽以「但知推步之理不知推步之數」辭。不准辭，則又痛哭流涕地來做《不得已》，說道「寧可使中夏無好曆法，不可使中夏有西洋人。」然而終於連閏月都算錯了，他大約以為好曆法專屬於西洋人，中夏人自己是學不得，也學不好的。但他竟論了大辟⑥，可是沒有殺，放歸，死於途中了。湯若望入中國還在明崇禎初，其法終未見用，後來阮元論之曰：「明季君臣以大統寖疏，開局修正，既知新法之密，而訖未施行。聖朝定鼎，以其法造時憲書，頒行天下。彼十餘年辯論翻譯之勞，若以備我朝之採用者，斯亦奇矣！……我國家聖聖相傳，用人行政，惟求其是，而不先設成心。即是一端，可以仰見如天之度量矣！」(《疇人傳》四十五)⑦

現在流傳的古鏡們，出自塚中者居多，原是殉葬品。但我也有一面日用鏡，薄而且大，規撫漢制，也許是唐代的東西。那證據是：一，鏡鼻已多磨損；二，鏡面的沙眼都用別的銅來補好了。當時在妝閣中，曾照唐人的額黃和眉綠，現在卻監禁在我的衣箱裏，它或者大有今昔之感罷。

⑤　時憲書，即曆書。清代為避高宗弘曆的名諱而稱「時憲書」。

⑥　大辟，一種最重的犯罪，一般要殺頭。

⑦　阮元是清朝文人，這段話的大致意思是說湯若望在明朝崇禎初年就來到中國，明朝人雖然知道他的曆法精準，但一直未用。到了清朝康熙年間，把這些先進的曆法都應用了，反映了清政府的宏大的氣魄和強大的實力。

但銅鏡的供用，大約道光咸豐時候還與玻璃鏡並行；至於窮鄉僻壤，也許至今還用着。我們那裏，則除了婚喪儀式之外，全被玻璃鏡驅逐了。然而也還有餘烈可尋，倘街頭遇見一位老翁，肩了長凳似的東西，上面縛着一塊豬肝色石和一塊青色石，試伫聽他的叫喊，就是「磨鏡，磨剪刀！」

　　宋鏡我沒有見過好的，什九⑧並無藻飾，只有店號或「正其衣冠」等類的迂銘詞，真是「世風日下」。但是要進步或不退步，總須時時自出新裁，至少也必取材異域，倘若各種顧忌，各種小心，各種嘮叨，這麼做即違了祖宗，那麼做又像了夷狄，終生惴惴如在薄冰上，發抖尚且來不及，怎麼會做出好東西來。所以事實上「今不如古」者，正因為有許多嘮叨着「今不如古」的諸位先生們之故。現在情形還如此。倘再不放開度量，大膽地，無畏地，將新文化盡量地吸收，則楊光先似的向西洋主人瀝陳中夏的精神文明的時候，大概是不勞久待的罷。

　　但我向來沒有遇見過一個排斥玻璃鏡子的人。單知道咸豐年間，汪曰楨先生卻在他的大著《湖雅》裏攻擊過的。他加以比較研究之後，終於決定還是銅鏡好。最不可解的是：他說，照起面貌來，玻璃鏡不如銅鏡之準確。莫非那時的玻璃鏡當真壞到如此，還是因為他老先生又帶上了國粹眼鏡之故呢？我沒有見過古玻璃鏡。這一點終於猜不透。

一九二五年二月九日

---

⑧　什九，十分之九的意思。什，十分之一。

春末閒談

導讀

　　《春末閒談》最初發表於 1925 年 4 月 24 日北京《莽原》週刊第一期，署名冥昭，後收入《墳》。《春末閒談》行文從容舒緩，不疾不徐，宛如與友人促膝談心，具有閒話風小品的筆調。

　　一開篇，作者就講了一個「天地間的美談」：盛夏，青蠅密集在涼棚索子上，細腰蜂在桑樹間或牆角的蛛網附近，伺機而動，有時銜一隻小青蟲，有時拉一個蜘蛛。據說細腰蜂將小青蟲捉去，是為了給自己做繼子。接下來，作者筆鋒一轉，揭示了細腰蜂的真相：牠不但並非慈母，相反倒是極殘忍的兇手：用了神奇的毒針，牠只一螫，就把青蟲麻痺成不死不活狀態，封入窠中，給自己的幼蜂做食料。

　　顯然，細腰蜂只是一種比喻，作者的批判對象，是那些細腰蜂式的知識分子，也就是文中所謂「特殊知識階級」。他們是統治者的「幫兇」、「幫閒」和「幫忙」。太平盛世的時候，他們為統治者歌功頌德；天下大亂的時候，他們又為統治者出謀劃策。諸如「遺老的聖經賢傳法」、「學者的進研究室主義」、「文學家和茶攤老板的莫談國事律」、「教育家的勿視勿聽勿言勿動論」，就都是這些「特殊知識階級」控制人民思想的麻痺術，其作用類似於細腰蜂的「毒針」，都是為了人民變成「不死不活」：心悅誠服地

做奴隸，死心塌地地為統治者服務。

　　然而，御用文人們的「毒針」，作用到底有限，他們的麻痹術，只能欺瞞一時，不能一勞永逸，他們無法禁止人們的思想。即使日施手段，夜費心機，也無濟於事。闊人的天下，儘管御用文人煞費了苦心，竭力粉飾太平，終究難得太平。

　　以揭露動物世界細腰蜂的毒針起筆，以北洋軍閥統治下御用文人麻痹人民思想未遂作結，《春末閒談》娓娓道來，寓深刻犀利的社會批判於淺顯通俗的昆蟲故事，舉重若輕，要言不煩，實乃大家手筆。

　　北京正是春末，也許我過於性急之故罷，覺着夏意了，於是突然記起故鄉的細腰蜂。那時候大約是盛夏，青蠅密集在涼棚索子上，鐵黑色的細腰蜂就在桑樹間或牆角的蛛網左近往來飛行，有時銜一支[1]小青蟲去了，有時拉一個蜘蛛。青蟲或蜘蛛先是抵抗着不肯去，但終於乏力，被銜着騰空而去了，坐了飛機似的。

　　老前輩們開導我，那細腰蜂就是書上所說的果蠃，純雌無雄，必須捉螟蛉去做繼子的。她將小青蟲封在窠裏，自己在外面日日夜夜敲打着，祝道「像我像我」，經過若干日，——我記不清了，大約七七四十九日罷，——那青蟲也就成了細腰蜂了，所以《詩經》裏說：「螟蛉有子，果蠃負之。」螟蛉就是桑上小青蟲。蜘蛛呢？他們沒有提。我記得有幾個考據家曾經立過異說，以為她其實自能生卵；其捉青蟲，乃是填在窠裏，給孵化出來的幼蜂做食料的。但我所遇見的前輩們都不採用此說，還道是拉去做女兒。我們為存留天地間的美談起見，倒不如這樣好。當長夏無事，遣暑林陰，瞥見二蟲一拉一拒的時候，便如睹慈母教女，滿懷好意，而青蟲的宛轉抗拒，則活像一個不識好歹的毛鴉頭[2]。

　　但究竟是夷人可惡，偏要講甚麼科學。科學雖然給我們許多驚奇，但也攪壞了我們許多好夢。自從法國的昆蟲學

———

① 　一支，同「一隻」。

② 　毛鴉頭，同「毛丫頭」。

大家發勃耳（Fabre）[3]仔細觀察之後，給幼蜂做食料的事可就證實了。而且，這細腰蜂不但是普通的兇手，還是一種很殘忍的兇手，又是一個學識技術都極高明的解剖學家。她知道青蟲的神經構造和作用，用了神奇的毒針，向那運動神經球上只一螫，牠便麻痹為不死不活狀態，這才在牠身上生下蜂卵，封入窠中。青蟲因為不死不活，所以不動，但也因為不活不死，所以不爛，直到她的子女孵化出來的時候，這食料還和被捕當日一樣的新鮮。

三年前，我遇見神經過敏的俄國的 E 君[4]，有一天他忽然發愁道，不知道將來的科學家，是否不至於發明一種奇妙的藥品，將這注射在誰的身上，則這人即甘心永遠去做服役和戰爭的機器了？那時我也就皺眉歎息，裝作一齊發愁的模樣，以示「所見略同」之至意，殊不知我國的聖君，賢臣，聖賢，聖賢之徒，卻早已有過這一種黃金世界的理想了。不是「唯辟作福，唯辟作威，唯辟玉食」麼？不是「君子勞心，小人勞力」麼？不是「治於人者食（去聲）人，治人者食於人」麼？可惜理論雖已卓然，而終於沒有發明十全的好方法。要服從作威就須不活，要貢獻玉食就須不死；要被治就須不活，要供養治人者又須不死。人類升為萬物之靈，自然是可賀的，但沒有了細腰蜂的毒針，卻很使聖君，賢臣，聖賢，聖賢之徒，以至現在的闊人，學者，教育家覺得棘

---

[3] 發勃耳（1823—1915），即法布爾，法國昆蟲學家、動物行為學家、文學家，代表作品有《昆蟲記》。

[4] 即愛羅先珂，俄國盲詩人，童話作家。

手。將來未可知，若已往，則治人者雖然盡力施行過各種麻痺術，也還不能十分奏效，與果臝並驅爭先。即以皇帝一倫而言，便難免時常改姓易代，終沒有「萬年有道之長」；「二十四史」而多至二十四，就是可悲的鐵證。現在又似乎有些別開生面了，世上誕生了一種所謂「特殊知識階級」[5]的留學生，在研究室中研究之結果，說醫學不發達是有益於人種改良的，中國婦女的境遇是極其平等的，一切道理都已不錯，一切狀態都已夠好。E君的發愁，或者也不為無因罷，然而俄國是不要緊的，因為他們不像我們中國，有所謂「特別國情」，還有所謂「特殊知識階級」。

但這種工作，也怕終於像古人那樣，不能十分奏效的罷，因為這實在比細腰蜂所做的要難得多。她於青蟲，只須不動，所以僅在運動神經球上一螫，即告成功。而我們的工作，卻求其能運動，無知覺，該在知覺神經中樞，加以完全的麻醉的。但知覺一失，運動也就隨之失卻主宰，不能貢獻玉食，恭請上自「極峯」下至「特殊知識階級」的賞收享用了。就現在而言，竊以為除了遺老的聖經賢傳法，學者的進研究室主義，文學家和茶攤老板的莫談國事律，教育家的勿視勿聽勿言勿動論之外，委實還沒有更好，更完全，更無流弊的方法。便是留學生的特別發見，其實也並未軼出了前賢的範圍。

那麼，又要「禮失而求諸野」了。夷人，現在因為想

---

⑤　1925 年段祺瑞為了抵制孫中山主張召開國民會議，成立了所謂「善後會議」，當時一批曾在外國留學的人提出請願書，說「留學者為一特殊知識階級」，要求參加「善後會議」。

去取法，姑且稱之為外國，他那裏，可有較好的法子麼？可惜，也沒有。所有者，仍不外乎不准集會，不許開口之類，和我們中華並沒有甚麼很不同。然亦可見至道嘉猷，人同此心，心同此理，固無華夷之限也。猛獸是單獨的，牛羊則結隊；野牛的大隊，就會排角成城以禦強敵了，但拉開一匹，定只能牟牟⑥地叫。人民與牛馬同流，——此就中國而言，夷人別有分類法云，——治之之道，自然應該禁止集合：這方法是對的。其次要防說話。人能說話，已經是禍胎了，而況有時還要做文章。所以倉頡造字，夜有鬼哭。鬼且反對，而況於官？猴子不會說話，猴界即向無風潮，——可是猴界中也沒有官，但這又作別論，——確應該虛心取法，反樸歸真，則口且不開，文章自滅：這方法也是對的。然而上文也不過就理論而言，至於實效，卻依然是難說。最顯著的例，是連那麼專制的俄國，而尼古拉二世「龍御上賓」之後，羅馬諾夫⑦氏竟已「覆宗絕祀」了。要而言之，那大缺點就在雖有二大良法，而還缺其一，便是：無法禁止人們的思想。

於是我們的造物主——假如天空真有這樣的一位「主子」——就可恨了：一恨其沒有永遠分清「治者」與「被治者」；二恨其不給治者生一枝細腰蜂那樣的毒針；三恨其不將被治者造得即使砍去了藏着的思想中樞的腦袋而還能動作——服役。三者得一，闊人的地位即永久穩固，統禦也

---

⑥　牟牟，擬聲詞，同「哞哞」。
⑦　羅馬諾夫，通譯羅曼諾夫，1613—1917 年統治俄國的王朝，尼古拉二世是其最後一個沙皇。

永久省了氣力，而天下於是乎太平。今也不然，所以即使單想高高在上，暫時維持闊氣，也還得日施手段，夜費心機，實在不勝其委屈勞神之至……

假使沒有了頭顱，卻還能做服役和戰爭的機械，世上的情形就何等地醒目呵！這時再不必用甚麼制帽勛章來表明闊人和窄人了，只要一看頭之有無，便知道主奴，官民，上下，貴賤的區別。並且也不至於再鬧甚麼革命，共和，會議等等的亂子了，單是電報，就要省下許多許多來。古人畢竟聰明，彷彿早想到過這樣的東西，《山海經》上就記載着一種名叫「刑天」的怪物。他沒有了能想的頭，卻還活着，「以乳為目，以臍為口」，──這一點想得很周到，否則他怎麼看，怎麼吃呢，──實在是很值得奉為師法的。假使我們的國民都能這樣，闊人又何等安全快樂？但他又「執干戚而舞」，則似乎還是死也不肯安分，和我那專為闊人圖便利而設的理想底好國民又不同。陶潛[8]先生又有詩道：「刑天舞干戚，猛志固常在。」連這位貌似曠達的老隱士也這麼說，可見無頭也會仍有猛志，闊人的天下一時總怕難得太平的了。但有了太多的「特殊知識階級」的國民，也許有特在例外的希望；況且精神文明太高了之後，精神的頭就會提前飛去，區區物質的頭的有無也算不得甚麼難問題。

一九二五年四月二十二日

---

[8]　陶潛，即陶淵明。潛為名，淵明為字。

一　點　比　喻

　　《一點比喻》最初發表於 1926 年 2 月 25 日《莽原》半月刊第四期，後收入《華蓋集續編》。打開《一點比喻》，宛如走進動物世界。本文分為三個大的自然段落，實際上是三個思想片段，表面上，作者談的都是動物們：山羊與胡羊，豬與野豬，最後是豪豬。看看文章題目，明白這些動物其實只是「一點比喻」，聯類無窮，引而申之，作者的本意是在抨擊當時的社會醜態，激發羣眾抗爭的意志。

　　首先是山羊，山羊比胡羊聰明，是胡羊們的領導。山羊昂首闊步地走在前面，充當領頭羊的角色，後面跟着一羣低眉順眼的胡羊。用白描手法，作者簡要勾勒了山羊的肖像圖：「走在一羣胡羊的前面，脖子上還掛着一個小鈴鐸，作為知識階級的徽章」。「知識階級的徽章」一語，暴露了山羊的現實身份：不就是號召羣眾的知識階級，帶領青年的導師嗎？他們以「領導」和「導師」的面目出現，為統治階級大造輿論、粉飾太平，帶領受其愚弄的羣眾，走向統治者指定的所在。

　　統治者的幫閒文人宣揚宿命論，要人民聽天由命、安分守己，他們說「羊總是羊」，能夠怎麼樣呢？另有反面典型：豬是不認命的，反抗掙扎，不也是空費力氣嗎？行文至此，魯迅用了第

二個比喻：豬脫出豬圈，走入山野，長出兩個牙，就能讓人退避三舍。反抗者要像野豬，有「牙」，也就是要有武器裝備。

　　最後是豪豬，這是比喻統治者們。豪豬社會要保持的「適宜的距離」，就是統治階級所謂的「中庸的距離」：「禮讓」和「上流的風習」。但這套「禮讓」的說教只是針對馴良的庶人的：豪豬可以任意刺着庶人而取暖，庶人卻不得接近豪豬。這裏的「庶人」是指普通老百姓，豪豬是指肆無忌憚的統治者。怎麼辦呢？魯迅主張，對待豪豬，要麼自己也有「刺」，要麼用牙角或棍棒來抵禦牠。

在我的故鄉不大通行吃羊肉，闔城裏，每天大約不過殺幾匹山羊。北京真是人海，情形可大不相同了，單是羊肉鋪就觸目皆是。雪白的羣羊也常常滿街走，但都是胡羊，在我們那裏稱綿羊的。山羊很少見；聽說這在北京卻頗名貴了，因為比胡羊聰明，能夠率領羊羣，悉依牠的進止，所以畜牧家雖然偶而養幾匹，卻只用作胡羊們的領導，並不殺掉牠。

這樣的山羊我只見過一回，確是走在一羣胡羊的前面，脖子上還掛着一個小鈴鐸，作為知識階級的徽章。通常，領的趕的卻多是牧人，胡羊們便成了一長串，挨挨擠擠，浩浩蕩蕩，凝着柔順有餘的眼色，跟定牠匆匆地競奔牠們的前程。我看見這種認真的忙迫的情形時，心裏總想開口向牠們發一句愚不可及的疑問——

「往那裏去？！」

人羣中也很有這樣的山羊，能領了羣眾穩妥平靜地走去，直到他們應該走到的所在。袁世凱明白一點這種事，可惜用得不大巧①，大概因為他是不很讀書的，所以也就難於熟悉運用那些的奧妙。後來的武人可更蠢了，只會自己亂打亂割，亂得哀號之聲，洋洋盈耳，結果是除了殘虐百姓之外，還加上輕視學問，荒廢教育的惡名。然而「經一事，長一智」，二十世紀已過了四分之一，脖子上掛着小鈴鐸的聰明人是總要交到紅運的，雖然現在表面上還不免有些小挫折。

① 袁世凱在復辟的陰謀活動中，曾指使楊度等「六君子」組織籌安會，鼓吹帝制，遭到人民強烈反對。所以這裏說袁世凱「用得不大巧」。

那時候，人們，尤其是青年，就都循規蹈矩，既不囂張，也不浮動，一心向着「正路」前進了，只要沒有人問——

「往那裏去？！」

君子若曰：「羊總是羊，不成了一長串順從地走，還有甚麼別的法子呢？君不見夫豬乎？拖延着，逃着，喊着，奔突着，終於也還是被捉到非去不可的地方去，那些暴動，不過是空費力氣而已矣。」

這是說：雖死也應該如羊，使天下太平，彼此省力。

這計劃當然是很妥帖，大可佩服的。然而，君不見夫野豬乎？牠以兩個牙，使老獵人也不免於退避。這牙，只要豬脫出了牧豕奴所造的豬圈，走入山野，不久就會長出來。

Schopenhauer[②]先生曾將紳士們比作豪豬，我想，這實在有些失體統。但在他，自然是並沒有甚麼別的惡意的，不過拉扯來作一個比喻。《Parerga und Paralipomena》裏有着這樣意思的話：有一羣豪豬，在冬天想用了大家的體溫來禦寒冷，緊靠起來了，但牠們彼此即刻又覺得刺的疼痛，於是乎又離開。然而溫暖的必要，再使牠們靠近時，卻又吃了照樣的苦。但牠們在這兩種困難中，終於發見了彼此之間的適宜的間隔，以這距離，牠們能夠過得最平安。人們因為社交的要求，聚在一處，又因為各有可厭的許多性質和難

---

② 　即叔本華。下文的《Parerga und Paralipomena》（《副業和補遺》），
　　係叔本華 1851 年出版的一本雜文集。

堪的缺陷，再使他們分離。他們最後所發現的距離，——使他們得以聚在一處的中庸的距離，就是「禮讓」和「上流的風習」。有不守這距離的，在英國就這樣叫，「Keep your distance!」③

但即使這樣叫，恐怕也只能在豪豬和豪豬之間才有效力罷，因為牠們彼此的守着距離，原因是在於痛而不在於叫的。假使豪豬們中夾着一個別的，並沒有刺，則無論怎麼叫，牠們總還是擠過來。孔子説：禮不下庶人。照現在的情形看，該是並非庶人不得接近豪豬，卻是豪豬可以任意刺着庶人而取得温暖。受傷是當然要受傷的，但這也只能怪你自己獨獨沒有刺，不足以讓他守定適當的距離。孔子又説：刑不上大夫。這就又難怪人們的要做紳士。

這些豪豬們，自然也可以用牙角或棍棒來抵禦的，但至少必須拚出背一條豪豬社會所制定的罪名：「下流」或「無禮」。

一月二十五日

③　英語，意為保持距離。

送灶日漫筆

◖ 導讀

　　《送灶日漫筆》最初發表於 1926 年 2 月 11 日《國民新報副刊》，後收入《華蓋集續編》。《送灶日漫筆》以灶神升天日的民俗開篇。舊俗以農曆臘月二十四日為灶神升天的日子，在這一天或前一天祭送灶神，稱為送灶。灶君升天之日，人們擔心他上天向玉皇大帝講東家的壞話，就請他吃「膠牙餳」，粘住他的牙，使他不能調嘴學舌。

　　由對付鬼神的強硬手段——「膠牙餳」，作者妙筆牽連，轉入他要批判的社會現象：「公論」與酒飯之關係。1925 年女師大風潮中，陳西瀅等現代評論派文人，既叨光酒飯，又諱言酒飯，擺出一副不偏不倚的「公論家」的嚴正面孔，掩人耳目。其實，他們站在北洋軍閥一邊，攻擊進步學生，他們所發的「飯後的公評」、「酒後的宏議」可以姑妄聽之，但「倘以為那是真正老牌的公論，卻一定上當」。

　　今天重讀《送灶日漫筆》，依然有着強烈的針砭現實的意義。正如魯迅所說「中國是一向重情面的」，中國的情面又往往體現於請客吃飯。當今社會，庸俗的人際關係學風行一時，吃喝風屢禁不止，有人甚至奉「革命就是請客吃飯」為金玉良言。俗話說得好：「受人一飯，聽人使喚」；更有人言：「端別人的碗，服別

人的管」，請吃飯之後再發議論，這種發源於酒飯的「公論」，即使貌似公允，堂哉皇哉，也絕非「真正老牌的公論」。

在寫法上，《送灶日漫筆》以「漫筆」的閒適筆墨，從「膠牙餳」談到「三尸神」，從「請吃飯」論及「發議論」。開篇閒聊鬼神之事，全文抨擊社會病象，貌似散漫，實則處處扣題，環環相扣，是一篇形散而神聚的妙文。

坐聽着遠遠近近的爆竹聲，知道灶君先生們都在陸續上天，向玉皇大帝講他的東家的壞話去了，但是他大概終於沒有講，否則，中國人一定比現在要更倒楣。

灶君升天的那日，街上還賣着一種糖，有柑子那麼大小，在我們那裏也有這東西，然而扁的，像一個厚厚的小烙餅。那就是所謂「膠牙餳」了。本意是在請灶君吃了，粘住他的牙，使他不能調嘴學舌，對玉帝說壞話。我們中國人意中的神鬼，似乎比活人要老實些，所以對鬼神要用這樣的強硬手段，而於活人卻只好請吃飯。

今之君子往往諱言吃飯，尤其是請吃飯。那自然是無足怪的，的確不大好聽。只是北京的飯店那麼多，飯局那麼多，莫非都在食蛤蜊，談風月，「酒酣耳熱而歌嗚嗚」麼？不盡然的，的確也有許多「公論」從這些地方播種，只因為公論和請帖之間看不出蛛絲馬跡，所以議論便堂哉皇哉了。但我的意見，卻以為還是酒後的公論有情。人非木石，豈能一味談理，礙於情面而偏過去了，在這裏正有着人氣息。況且中國是一向重情面的。何謂情面？明朝就有人解釋過，曰：「情面者，面情之謂也。」自然不知道他說甚麼，但也就可以懂得他說甚麼。在現今的世上，要有不偏不倚的公論，本來是一種夢想；即使是飯後的公評，酒後的宏議，也何嘗不可姑妄聽之呢。然而，倘以為那是真正老牌的公論，卻一定上當，——但這也不能獨歸罪於公論家，社會上風行請吃飯而諱言請吃飯，使人們不得不虛假，那自然也應該分任其咎的。

記得好幾年前，是「兵諫」之後，有槍階級專喜歡在

天津會議的時候，有一個青年憤憤地告訴我道：他們那裏是會議呢，在酒席上，在賭桌上，帶着說幾句就決定了。他就是受了「公論不發源於酒飯說」之騙的一個，所以永遠是憤然，殊不知他那理想中的情形，怕要到二九二五年才會出現呢，或者竟許到三九二五年。

然而不以酒飯為重的老實人，卻是的確也有的，要不然，中國自然還要壞。有些會議，從午後二時起，討論問題，研究章程，此問彼難，風起雲湧，一直到七八點，大家就無端覺得有些焦躁不安，脾氣愈大了，議論愈糾紛了，章程愈渺茫了，雖說我們到討論完畢後才散罷，但終於一哄而散，無結果。這就是輕視了吃飯的報應，六七點鐘時分的焦躁不安，就是肚子對於本身和別人的警告，而大家誤信了吃飯與講公理無關的妖言，毫不瞅睬，所以肚子就使你演說也沒精采，宣言也 —— 連草稿都沒有。

但我並不說凡有一點事情，總得到甚麼太平湖飯店，擷英番菜館之類裏去開大宴；[1] 我於那些店裏都沒有股本，犯不上替他們來拉主顧，人們也不見得都有這麼多的錢。我不過說，發議論和請吃飯，現在還是有關係的；請吃飯之於發議論，現在也還是有益處的 ；雖然，這也是人情之常，無足深怪的。

順便還要給熱心而老實的青年們進一個忠告，就是沒酒

---

① 在 1925 年女師大風潮中，楊蔭榆等人曾在這些飯館宴請一些名人，商量壓迫學生的辦法。

沒飯的開會，時候不要開得太長，倘若時候已晚了，那麼，買幾個燒餅來吃了再說。這麼一辦，總可以比空着肚子的討論容易有結果，容易得收場。

膠牙餳的強硬辦法，用在灶君身上我不管它怎樣，用之於活人是不大好的。倘是活人，莫妙於給他醉飽一次，使他自己不開口，卻不是膠住他。中國人對人的手段頗高明，對鬼神卻總有些特別，二十三夜的捉弄灶君即其一例，但說起來也奇怪，灶君竟至於到了現在，還彷彿沒有省悟似的。

道士們的對付「三尸神」，可是更利害了。我也沒有做過道士，詳細是不知道的，但據「耳食之言」[②]，則道士們以為人身中有三尸神，到有一日，便乘人熟睡時，偷偷地上天去奏本身的過惡。這實在是人體本身中的奸細，《封神傳演義》常說的「三尸神暴躁，七竅生煙」的三尸神，也就是這東西。但據說要抵制他卻不難，因為他上天的日子是有一定的，只要這一日不睡覺，他便無隙可乘，只好將過惡都放在肚子裏，再看明年的機會了。連膠牙餳都沒得吃，他實在比灶君還不幸，值得同情。

三尸神不上天，罪狀都放在肚子裏；灶君雖上天，滿嘴是糖，在玉皇大帝面前含含胡胡地說了一通，又下來了。對於下界的情形，玉皇大帝一點也聽不懂，一點也不知道，於是我們今年當然還是一切照舊，天下太平。

我們中國人對於鬼神也有這樣的手段。

---

② 耳食之言，指沒有根據的道聽途說。

我們中國人雖然敬信鬼神；卻以為鬼神總比人們傻，所以就用了特別的方法來處治他。至於對人，那自然是不同的了，但還是用了特別的方法來處治，只是不肯説；你一説，據説你就是卑視了他了。誠然，自以為看穿了的話，有時也的確反不免於淺薄。

二月五日

談皇帝

《談皇帝》最初發表於 1926 年 3 月 9 日《國民新報副刊》，後收入《華蓋集續編》。本文以幽默的語言，詼諧的口吻，談論高高在上，歷來被認為神聖不可侵犯的皇帝。

開宗明義，作者點明題旨：「皇帝和大臣有『愚民政策』，百姓們也自有其『愚君政策』」，《談皇帝》全篇就圍繞着百姓們的「愚君政策」展開。

向來只聽說過愚民政策，如何愚君？《談皇帝》是以一個老僕婦所講述的「對付皇帝的方法」開頭的：皇帝不好伺候，吃的東西不能隨便給他吃，以防他吃了又要，一時辦不到。最好一年到頭給他吃波（菠）菜，一要就有，毫不為難；但不能告訴他這是波菜，必須另外起一個悅耳動聽的名字——「紅嘴綠鸚哥」。看來，連大字不識的老僕婦，也知道在字面上變戲法。作者在這裏順手一筆，諷刺了中國社會「文字遊戲國」的性質。

的確，皇帝們很多時候都顯得呆不可言。據說，明朝皇帝朱元璋小時候窮愁潦倒，一日正當他餓得頭暈眼花之際，有人給他一碗用白菜、豆腐和剩飯加水煮成的湯。後來朱元璋登上皇位，山珍海味吃膩了，一天到晚惦記當年這碗白菜豆腐剩飯湯，並為此湯取了個體面好聽的名字：「珍珠（剩飯）翡翠（白菜）白玉

（豆腐）湯」。如此看來，有時並不需要人們奉行「愚君政策」，皇帝本人也樂於玩弄文字遊戲，自欺欺人，他們本就願意「自愚自樂」。

在《談皇帝》的後半部分，作者主要揭示了儒家依靠「聖君」來行道，儒者拚命衛道，極力強調「天」、「天意」等王權神授的唯心主義論調，其實也是一種「愚君政策」，作用類似於請皇帝吃「紅嘴綠鸚哥」，都是為了維護封建統治。這些靠「天」吃飯的聖賢君子們，用心可謂良苦，但無補於事，他們終究無力回天：「愚民政策」和「愚君政策」全都不成功，封建統治注定壽終正寢。

中國人的對付鬼神，兇惡的是奉承，如瘟神和火神之類，老實一點的就要欺侮，例如對於土地或灶君。待遇皇帝也有類似的意思。君民本是同一民族，亂世時「成則為王敗則為賊」，平常是一個照例做皇帝，許多個照例做平民；兩者之間，思想本沒有甚麼大差別。所以皇帝和大臣有「愚民政策」，百姓們也自有其「愚君政策」。

往昔的我家，曾有一個老僕婦，告訴過我她所知道，而且相信的對付皇帝的方法。她說——

「皇帝是很可怕的。他坐在龍位上，一不高興，就要殺人；不容易對付的。所以吃的東西也不能隨便給他吃，倘是不容易辦到的，他吃了又要，一時辦不到；——譬如他冬天想到瓜，秋天要吃桃子，辦不到，他就生氣，殺人了。現在是一年到頭給他吃波菜，一要就有，毫不為難。但是倘說是波菜，他又要生氣的，因為這是便宜貨，所以大家對他就不稱為波菜，另外起一個名字，叫作『紅嘴綠鸚哥』。」

在我的故鄉，是通年有波菜的，根很紅，正如鸚哥的嘴一樣。

這樣的連愚婦人看來，也是呆不可言的皇帝，似乎大可以不要了。然而並不，她以為要有的，而且應該聽憑他作威作福。至於用處，彷彿在靠他來鎮壓比自己更強梁的別人，所以隨便殺人，正是非備不可的要件。然而倘使自己遇到，且須侍奉呢？可又覺得有些危險了，因此只好又將他練成傻子，終年耐心地專吃着「紅嘴綠鸚哥」。

其實利用了他的名位，「挾天子以令諸侯」的，和我那老僕婦的意思和方法都相同，不過一則又要他弱，一則又要

他愚。儒家的靠了「聖君」來行道也就是這玩意，因為要「靠」，所以要他威重，位高；因為要便於操縱，所以又要他頗老實，聽話。

皇帝一自覺自己的無上威權，這就難辦了。既然「普天之下，莫非皇土」，他就胡鬧起來，還說是「自我得之，自我失之，我又何恨」哩！於是聖人之徒也只好請他吃「紅嘴綠鸚哥」了，這就是所謂「天」。據說天子的行事，是都應該體帖天意，不能胡鬧的；而這「天意」也者，又偏只有儒者們知道着。

這樣，就決定了：要做皇帝就非請教他們不可。

然而不安分的皇帝又胡鬧起來了。你對他說「天」麼，他卻道，「我生不有命在天？！」豈但不仰體上天之意而已，還逆天，背天，「射天」，簡直將國家鬧完，使靠天吃飯的聖賢君子們，哭不得，也笑不得。

於是乎他們只好去著書立說，將他罵一通，豫計[①]百年之後，即身歿之後，大行於時，自以為這就了不得。

但那些書上，至多就止[②]記着「愚民政策」和「愚君政策」全都不成功。

二月十七日

---

① 豫計，同「預計」。豫，同「預」。

② 止，同「只」。

略論中國人的臉

◖ 導讀

　　《略論中國人的臉》最初發表於 1927 年 11 月 25 日北京《莽原》半月刊第二卷第二十一、二十二期合刊，後收入《而已集》。我國古代，相人術源遠流長，堪稱國粹。當今的中國人，依然格外注重「臉面」，品人論事，如果得到「不要臉」、「丟臉」、「沒面子」等評語，問題就相當嚴重了。俗話説「面由心生」，對於具體的個人，臉面關乎外在形象；對於一個民族，一個國家，臉面折射內在精神。然而，即使我們與自己的臉朝夕相處、須臾不離，其實也對它習焉不察。看魯迅《略論中國人的臉》，可以反思我們中國的國民性。

　　《略論中國人的臉》要討論的自然是「中國人的臉」，作者卻從西洋人的臉説起，一起筆，就有一個比較的視野，為全篇的論述建立了一個參照系。從西方人所畫的中國人，我們知道他們眼裏的我們：「兩眼歪斜，張嘴露齒」，不大雅觀。其實，關於中國人的臉，最觸目驚心的，是作者列出的兩個算式：「人＋獸性＝西洋人」、「人＋家畜性＝某一種人」，這兩個算式形成鮮明的對比，直觀地呈現了一部分中國人的臉，同時也是中國的國民性：馴順有餘，獸性不足，其實也就是奴性十足。

　　作者反對奴性，提醒人民不要成為統治者的馴服工具，他以

一連串形象生動的比喻，議論生風：「野牛成為家牛，野豬成為豬，狼成為狗，野性是消失了，但只足使牧人喜歡，於本身並無好處。」

　　文章的最後，作者筆鋒一轉，批判的矛頭由中國人的臉「獸性不足」，轉向中國人的臉「兩種多餘」：舊式戲子的昏庸，上海洋場式的狡猾。至此，作者經由中國人的臉，完成了對中國國民性的全面批判。

大約人們一遇到不大看慣的東西，總不免以為他古怪。我還記得初看見西洋人的時候，就覺得他臉太白，頭髮太黃，眼珠太淡，鼻樑太高。雖然不能明明白白地說出理由來，但總而言之：相貌不應該如此。至於對於中國人的臉，是毫無異議；即使有好醜之別，然而都不錯的。

我們的古人，倒似乎並不放鬆自己中國人的相貌。周的孟軻 ① 就用眸子來判胸中的正不正，漢朝還有《相人》二十四卷。後來鬧這玩藝兒的尤其多；分起來，可以說有兩派罷：一是從臉上看出他的智愚賢不肖；一是從臉上看出他過去，現在和將來的榮枯。於是天下紛紛，從此多事，許多人就都戰戰兢兢地研究自己的臉。我想，鏡子的發明，恐怕這些人和小姐們是大有功勞的。不過近來前一派已經不大有人講究，在北京上海這些地方搗鬼的都只是後一派了。

我一向只留心西洋人。留心的結果，又覺得他們的皮膚未免太粗；毫毛有白色的，也不好。皮上常有紅點，即因為顏色太白之故，倒不如我們之黃。尤其不好的是紅鼻子，有時簡直像是將要熔化的蠟燭油，彷彿就要滴下來，使人看得慄慄危懼，也不及黃色人種的較為隱晦，也見得較為安全。總而言之：相貌還是不應該如此的。

後來，我看見西洋人所畫的中國人，才知道他們對於我們的相貌也很不敬。那似乎是《天方夜談》或者《安兌生童

① 孟軻，即孟子。孟子名軻，生活於戰國時期，因此說「周的孟軻」。

話》②中的插畫，現在不很記得清楚了。頭上戴着拖花翎的紅纓帽，一條辮子在空中飛揚，朝靴的粉底非常之厚。但這些都是滿洲人連累我們的。獨有兩眼歪斜，張嘴露齒，卻是我們自己本來的相貌。不過我那時想，其實並不盡然，外國人特地要奚落我們，所以格外形容得過度了。

　　但此後對於中國一部分人們的相貌，我也逐漸感到一種不滿，就是他們每看見不常見的事件或華麗的女人，聽到有些醉心的說話的時候，下巴總要慢慢掛下，將嘴張了開來。這實在不大雅觀；彷彿精神上缺少着一樣甚麼機件。據研究人體的學者們說，一頭附着在上顎骨上，那一頭附着在下顎骨上的「咬筋」，力量是非常之大的。我們幼小時候想吃核桃，必須放在門縫裏將它的殼夾碎。但在成人，只要牙齒好，那咬筋一收縮，便能咬碎一個核桃。有着這麼大的力量的筋，有時竟不能收住一個並不沉重的自己的下巴，雖然正在看得出神的時候，倒也情有可原，但我總以為究竟不是十分體面的事。

　　日本的長谷川如是閒是善於做諷刺文字的。去年我見過他的一本隨筆集，叫作《貓·狗·人》；其中有一篇就說到中國人的臉。大意是初見中國人，即令人感到較之日本人或西洋人，臉上總欠缺着一點甚麼。久而久之，看慣了，便覺得這樣已經盡夠，並不缺少東西；倒是看得西洋人之流的臉上，多餘着一點甚麼。這多餘着的東西，他就給它一個不大

---

② 《安兒生童話》，即《安徒生童話》。

高妙的名目：獸性。中國人的臉上沒有這個，是人，則加上多餘的東西，即成了下列的算式：

人＋獸性＝西洋人

他借了稱讚中國人，貶斥西洋人，來譏刺日本人的目的，這樣就達到了，自然不必再說這獸性的不見於中國人的臉上，是本來沒有的呢，還是現在已經消除。如果是後來消除的，那麼，是漸漸淨盡而只剩了人性的呢，還是不過漸漸成了馴順。野牛成為家牛，野豬成為豬，狼成為狗，野性是消失了，但只足使牧人喜歡，於本身並無好處。人不過是人，不再夾雜着別的東西，當然再好沒有了。倘不得已，我以為還不如帶些獸性，如果合於下列的算式倒是不很有趣的：

人＋家畜性＝某一種人

中國人的臉上真可有獸性的記號的疑案，暫且中止討論罷。我只要說近來卻在中國人所理想的古今人的臉上，看見了兩種多餘。一到廣州，我覺得比我所從來的廈門豐富得多的，是電影，而且大半是「國片」，有古裝的，有時裝的。因為電影是「藝術」，所以電影藝術家便將這兩種多餘加上去了。

古裝的電影也可以說是好看，那好看不下於看戲；至少，決不至於有大鑼大鼓將人的耳朵震聾。在「銀幕」上，則有身穿不知何時何代的衣服的人物，緩慢地動作；臉正如古人一般死，因為要顯得活，便只好加上些舊式戲子的昏庸。

時裝人物的臉，只要見過清朝光緒年間上海的吳友如的

《畫報》的，便會覺得神態非常相像。《畫報》所畫的大抵不是流氓拆梢①，便是妓女吃醋，所以臉相都狡猾。這精神似乎至今不變，國產影片中的人物，雖是作者以為善人傑士者，眉宇間也總帶些上海洋場式的狡猾。可見不如此，是連善人傑士也做不成的。

聽說，國產影片之所以多，是因為華僑歡迎，能夠獲利，每一新片到，老的便帶了孩子去指點給他們看道：「看哪，我們的祖國的人們是這樣的。」在廣州似乎也受歡迎，日夜四場，我常見看客坐得滿滿。

廣州現在也如上海一樣，正在這樣地修養他們的趣味。可惜電影一開演，電燈一定熄滅，我不能看見人們的下巴。

四月六日

---

① 　流氓拆梢，上海一帶方言，指流氓製造事端詐取財物的行為。

宣傳與做戲

◖ 導讀

　　《宣傳與做戲》最初發表於 1931 年 11 月 20 日《北斗》第一卷第三期，後收入《二心集》。1931 年 8 月 31 日，《申報·自由談》發表署名「寄萍」的《楊縵華女士歐遊雜感》，文中説：「有一天我們到比利時一個鄉村裏去。許多女人爭着來看我的腳。我伸起腳來給伊們看。才平服伊們好奇的疑竇。一位女人説：『我們也向來不曾見過中國人。但從小就聽説中國人是有尾巴的（即辮髮）。都要討姨太太的。女人都是小腳。跑起路來一搖一擺的。如今才明白這話不確實。』…… 我説：『此種傳説，全無根據。』」

　　針對楊縵華這種粉飾黑暗現實的論調，魯迅發表雜文《以腳報國》，一針見血地指出：「我們的楊女士雖然用她的尊腳征服了比利時女人，為國增光，但也有兩點『錯念』。其一，是我們中國人的確有過尾巴（即辮髮）的，纏過小腳的，討過姨太太的，雖現在也在討。其二，是楊女士的腳不能代表一切中國女人的腳，正如留學的女生不能代表一切中國的女性一般…… 雖在現在，其實是纏着小腳，『跑起路來一搖一擺的』女人還不少。」

　　在《宣傳與做戲》裏，魯迅進一步揭露：楊縵華所代表中國國民，其實患有「自欺欺人的不治之症」。中國國民性中的善於「宣傳」，其實是善於「做戲」。魯迅犀利地指出：「這普遍

的做戲，卻比真的做戲還要壞。真的做戲，是只有一時；戲子做完戲，也就恢復為平常狀態的。」魯迅打了一個比方：楊小樓做《單刀赴會》，只在戲台上是關雲長，下台了就是普通人，不能永遠提着青龍偃月刀。現在，楊縵華「以腳報國」，當然是做戲；但她將此事做成文章，就是進了後台還不肯放下青龍偃月刀；她又將文章在中國的《申報》發表，簡直是提着青龍偃月刀一路唱回自己的家裏來了。她實在是入戲太深，習慣瞞和騙了。

就是那剛剛說過的日本人，他們做文章論及中國的國民性的時候，內中往往有一條叫作「善於宣傳」。看他的說明，這「宣傳」兩字卻又不像是平常的「Propaganda」[①]，而是「對外說謊」的意思。

這宗話，影子是有一點的。譬如罷，教育經費用光了，卻還要開幾個學堂，裝裝門面；全國的人們十之九不識字，然而總得請幾位博士，使他對西洋人去講中國的精神文明；至今還是隨便拷問，隨便殺頭，一面卻總支撐維持着幾個洋式的「模範監獄」，給外國人看看。還有，離前敵很遠的將軍，他偏要大打電報，說要「為國前驅」。連體操班也不願意上的學生少爺，他偏要穿上軍裝，說是「滅此朝食」[②]。

不過，這些究竟還有一點影子；究竟還有幾個學堂，幾個博士，幾個模範監獄，幾個通電，幾套軍裝。所以說是「說謊」，是不對的。這就是我之所謂「做戲」。

但這普遍的做戲，卻比真的做戲還要壞。真的做戲，是只有一時；戲子做完戲，也就恢復為平常狀態的。楊小樓做《單刀赴會》，梅蘭芳做《黛玉葬花》，只有在戲台上的時候是關雲長，是林黛玉，下台就成了普通人，所以並沒有大弊。倘使他們扮演一回之後，就永遠提着青龍偃月刀或鋤頭，以關老爺，林妹妹自命，怪聲怪氣，唱來唱去，那就實在只好算是發熱昏了。

① 英語，意為「宣傳」。

② 滅此朝食，出自《左傳》，即先消滅敵人再吃早飯，形容必勝的決心和急於消滅敵人的心情。

　　不幸因為是「天地大戲場」，可以普遍的做戲者，就很難有下台的時候，例如楊縵華女士用自己的天足，踢破小國比利時女人的「中國女人纏足說」[3]，為面子起見，用權術來解圍，這還可以說是很該原諒的。但我以為應該這樣就拉倒。現在回到寓裏，做成文章，這就是進了後台還不肯放下青龍偃月刀；而且又將那文章送到中國的《申報》上來發表，則簡直是提着青龍偃月刀一路唱回自己的家裏來了。難道作者真已忘記了中國女人曾經纏腳，至今也還有正在纏腳的麼？還是以為中國人都已經自己催眠，覺得全國女人都已穿了高跟皮鞋了呢？

　　這不過是一個例子罷了，相像的還多得很，但恐怕不久天也就要亮了。

③　1931 年 8 月 31 日《申報》的《自由談》載《楊縵華女士遊歐雜感》一文，說她用自己的天足否定了比利時人關於中國女人都是小腳的說法，又對比利時人提出的「中國的軍閥如何專橫」、「人民過着地獄的生活」予以否定，為當時中國的黑暗政治粉飾太平。魯迅曾在《以腳報國》中予以諷刺。

中華民國的
新「堂·吉訶德」[①]們

導讀

  《中華民國的新「堂·吉訶德」們》最初發表於 1932 年 1 月 20 日《北斗》第二卷第一期，署名不堂，後收入《二心集》。堂·吉訶德是西班牙作家塞萬提斯所著長篇小說《堂吉訶德》一書中的主角，他本是一個窮鄉紳，讀騎士小說入了迷，思想與行為逐漸脫離現實，幻想自己就是斬妖伏怪、除暴安良的遊俠，最後四處碰壁，笑話百出。這是西方的堂·吉訶德，有些不識時務，有些自不量力，但他的態度是真誠的；他的行為可笑，但他的形象可愛。

  《中華民國的新「堂·吉訶德」們》一文中，作者批判的是中國式的堂·吉訶德，主要是「青年援馬團」。九·一八事變後，日軍侵佔我國東北，黑龍江代理主席馬占山堅持抵抗日軍，當時上海的一些青年組織了一個「青年援馬團」，要求參加東北的抗日軍隊，對日作戰。「青年援馬團」曾經抬着棺材遊行，砍斷指頭寫血

---

① 堂·吉訶德，通譯為堂吉訶德，小說《堂吉訶德》的主人公。

書，宣誓出發，轟動一時。但他們既缺少堅決的鬥爭精神，也沒有切實的鬥爭辦法，不久就渙散了。

作者認為，雖然「青年援馬團」表面上「很和『堂‧吉訶德』相像」，看起來「確是十分『堂‧吉訶德』的了」，但他們與西方的堂‧吉訶德，有着真假之別。在向來愛講「中庸」的中國，「青年援馬團」與西方的堂‧吉訶德，苦樂不同，實際上「貌合」而「神離」。

具有戲劇性的是，1928 年，創造社的一些成員，曾諷刺魯迅為「我們中國的堂‧吉訶德」，魯迅曾取筆名「葛何德」對此予以反擊。如今，歷史的煙塵漸漸散去，真假「堂‧吉訶德」兩相對照，能不讓我們掩卷深思嗎？

十六世紀末尾的時候，西班牙的文人西萬提斯[2]做了一大部小說叫作《堂·吉訶德》，說這位吉先生，看武俠小說看呆了，硬要去學古代的遊俠，穿一身破甲，騎一匹瘦馬，帶一個跟丁，遊來遊去，想斬妖服怪，除暴安良。誰知當時已不是那麼古氣盎然的時候了，因此只落得鬧了許多笑話，吃了許多苦頭，終於上個大當，受了重傷，狼狽回來，死在家裏，臨死才知道自己不過一個平常人，並不是甚麼大俠客。

　　這一個古典[3]，去年在中國曾經很被引用了一回，受到這個謔法的名人，似乎還有點很不高興的樣子。其實是，這種書呆子，乃是西班牙書呆子，向來愛講「中庸」的中國，是不會有的。西班牙人講戀愛，就天天到女人窗下去唱歌，信舊教，就燒殺異端，一革命，就搗爛教堂，踢出皇帝。然而我們中國的文人學子，不是總說女人先來引誘他，諸教同源，保存廟產，宣統在革命之後，還許他許多年在宮裏做皇帝嗎？

　　記得先前的報章上，發表過幾個店家的小夥計，看劍俠小說入了迷，忽然要到武當山去學道的事，這倒很和「堂·吉訶德」相像的。但此後便看不見一點後文，不知道是也做出了許多奇跡，還是不久就又回到家裏去了？以「中庸」的

---

② 西萬提斯，通譯塞萬提斯（1547—1616），西班牙文藝復興時期小說家，有作品《堂吉訶德》。

③ 古典，即「典故」。

老例推測起來，大約以回了家為合式[④]。

　　這以後的中國式的「堂・吉訶德」的出現，是「青年援馬團」。不是兵，他們偏要上戰場；政府要訴諸國聯，他們偏要自己動手；政府不准去，他們偏要去；中國現在總算有一點鐵路了，他們偏要一步一步的走過去；北方是冷的，他們偏只穿件夾襖；打仗的時候，兵器是頂要緊的，他們偏只着重精神。這一切等等，確是十分「堂・吉訶德」的了。然而究竟是中國的「堂・吉訶德」，所以他只一個，他們是一團；送他的是嘲笑，送他們的是歡呼；迎他的是詫異，而迎他們的也是歡呼；他駐紮在深山中，他們駐紮在真茹鎮；他在磨坊裏打風磨，他們在常州玩梳箆，又見美女，何幸如之（見十二月《申報》《自由談》）。其苦樂之不同，有如此者，嗚呼！

　　不錯，中外古今的小說太多了，裏面有「輿櫬[⑤]」，有「截指」，有「哭秦庭[⑥]」，有「對天立誓」。耳濡目染，誠然也不免來抬棺材，砍指頭，哭孫陵，宣誓出發的。然而五四運動時胡適之博士講文學革命的時候，就已經要「不用古典」，現在在行為上，似乎更可以不用了。

　　講二十世紀戰事的小說，舊一點的有雷馬克的《西線

---

④　合式，即「合適」。

⑤　輿櫬（chèn），隨身帶着棺材，表示必死的決心。櫬，棺材。

⑥　哭秦庭，出自《左傳》之典，春秋時期伍子胥消滅楚國後，楚國大夫申包胥到秦國求救，在秦庭哭了七天七夜，感動了秦哀公，借兵收復了楚國。後人用「哭秦庭」表示為國解難。

無戰事》，棱⑦的《戰爭》，新一點的有綏拉菲摩維支⑧的《鐵流》，法捷耶夫的《毀滅》，裏面都沒有這樣的「青年團」，所以他們都實在打了仗。

---

⑦ 棱，通譯雷恩（1889—1979），德國小説家。

⑧ 綏拉菲摩維支，通譯綏拉菲摩維奇（1863—1949），蘇聯文學家，作品有《鐵流》等。

由中國女人的腳，推定中國人之非中庸，又由此推定孔夫子有胃病
——「學匪」派考古學之一

導讀

　　本文最初發表於 1933 年 3 月 16 日《論語》第十三期，署名何幹，後收入《南腔北調集》。這大概是中國文學史上題目最長的奇文之一。作者「由中國女人的腳，推定中國人之非中庸，又由此推定孔夫子有胃病」，在「中國女人的腳」、「中國人之非中庸」和「孔夫子有胃病」這三者之間，建立起了細針密縷的層層推定的關係，其論述思路，堪稱歷史上最奇詭的邏輯。

　　在 1925 年北京女師大風潮中，現代評論派等咒罵支持進步學生的魯迅、馬裕藻等人為「學匪」。本文副題「『學匪』派考古學之一」，順手對這種攻擊開了個玩笑，同時也調侃了當時學術界煩瑣無聊的考據學風。

　　本文從「纏足」的起源談起，談「利屣」，談高跟皮鞋，由不登大雅之堂的「女人的腳」，談到思想史上居於高堂聖殿的「中庸」問題，最後歸結到大成至聖先師孔子患有「胃擴張」。作者行文汪洋恣肆，奇思妙想層出不窮，涉筆成趣，體現了違反常規的自由無羈的想像力。在作者聯想的兩端，一端是女人纏足的「下等事」，一端是高高在上的孔夫子，在「形」的反差中，作者找到了他們「神」的相通。

　　文中最為引人注目的，是對「中庸之道」虛偽本質的揭露。中國人常常自命為愛「中庸」，行「中庸」，聖人常常大呼「中

庸」，其實「正因為大家並不中庸的緣故。人必有所缺，這才想起他所需。」所以，孔夫子獨厚於胃，念念不忘，是因為他有胃病也。

發人深思的，還有作者的思考方法：正面文章反面看。本文引經據典，談古論今，其實是有感而發。文末對南京專電的解讀，對《大晚報》新聞的思考，都是「正面文章反面看」。

　　古之儒者不作興談女人，但有時總喜歡談到女人。例如「纏足」罷，從明朝到清朝的帶些考據氣息的著作中，往往有一篇關於這事起源的遲早的文章。為甚麼要考究這樣下等事呢，現在不説他也罷，總而言之，是可以分為兩大派的，一派説起源早，一派説起源遲。説早的一派，看他的語氣，是贊成纏足的，事情愈古愈好，所以他一定要考出連孟子的母親，也是小腳婦人的證據來。説遲的一派卻相反，他不大恭維纏足，據説，至早，亦不過起於宋朝的末年。

　　其實，宋末，也可以算得古的了。不過不纏之足，樣子卻還要古，學者應該「貴古而賤今」，斥纏足者，愛古也。但也有先懷了反對纏足的成見，假造證據的，例如前明才子楊升庵先生，他甚至於替漢朝人做《雜事祕辛》，來證明那時的腳是「底平趾斂」。

　　於是又有人將這用作纏足起源之古的材料，説既然「趾斂」，可見是纏的了。但這是自甘於低能之談，這裏不加評論。

　　照我的意見來説，則以上兩大派的話，是都錯，也都對的。現在是古董出現的多了，我們不但能看見漢唐的圖畫，也可以看到晉唐古墳裏發掘出來的泥人兒。那些東西上所表現的女人的腳上，有圓頭履，有方頭履，可見是不纏足的。古人比今人聰明，她決不至於纏小腳而穿大鞋子，裏面塞些棉花，使自己走得一步一拐。

　　但是，漢朝就確已有一種「利屣」，頭是尖尖的，平常大約未必穿罷，舞的時候，卻非此不可。不但走着爽利，「潭腿」似的踢開去之際，也不至於為裙子所礙，甚至於踢

下裙子來。那時太太們固然也未始不舞，但舞的究以倡女為多，所以倡伎就大抵穿着「利屣」，穿得久了，也免不了要「趾斂」的。然而伎女的裝束，是閨秀們的大成至聖先師，這在現在還是如此，常穿利屣，即等於現在之穿高跟皮鞋，可以儼然居炎漢「摩登女郎」之列，於是乎雖是名門淑女，腳尖也就不免尖了起來。先是倡伎尖，後是摩登女郎尖，再後是大家閨秀尖，最後才是「小家碧玉」一齊尖。待到這些「碧玉」們成了祖母時，就入於利屣制度統一腳壇的時代了。

當民國初年，「不佞」觀光北京的時候，聽人說，北京女人看男人是否漂亮（自按：蓋即今之所謂「摩登」也）的時候，是從腳起，上看到頭的。所以男人的鞋襪，也得留心，腳樣更不消說，當然要弄得齊齊整整，這就是天下之所以有「包腳布」的原因。倉頡造字，我們是知道的，誰造這布的呢，卻還沒有研究出。但至少是「古已有之」，唐朝張鷟作的《朝野僉載》罷，他說武后朝有一位某男士，將腳裹得窄窄的，人們見了都發笑。可見盛唐之世，就已有了這一種玩意兒，不過還不是很極端，或者還沒有很普及。然而好像終於普及了。由宋至清，綿綿不絕，民元革命以後，革了與否，我不知道，因為我是專攻考「古」學的。

然而奇怪得很，不知道怎的（自按：此處似略失學者態度），女士們之對於腳，尖還不夠，並且勒令它「小」起來了，最高模範，還竟至於以三寸為度。這麼一來，可以不必兼買利屣和方頭履兩種，從經濟的觀點來看，是不算壞的，可是從衛生的觀點來看，卻未免有些「過火」，換一句話，就是「走了極端」了。

　　我中華民族雖然常常的自命為愛「中庸」，行「中庸」的人民，其實是頗不免於過激的。譬如對於敵人罷，有時是壓服不夠，還要「除惡務盡」，殺掉不夠，還要「食肉寢皮」。但有時候，卻又謙虛到「侵略者要進來，讓他們進來。也許他們會殺了十萬中國人。不要緊，中國人有的是，我們再有人上去」。這真教人會猜不出是真痴還是假呆。而女人的腳尤其是一個鐵證，不小則已，小則必求其三寸，寧可走不成路，擺擺搖搖。慨自辮子肅清以後，纏足本已一同解放的了，老新黨的母親們，鑒於自己在皮鞋裏塞棉花之麻煩，一時也確給她的女兒留了天足。然而我們中華民族是究竟有些「極端」的，不多久，老病復發，有些女士們已在別想花樣，用一枝細黑柱子將腳跟支起，叫它離開地球。她到底非要她的腳變把戲不可。由過去以測將來，則四朝（假如仍舊有朝代的話）之後，全國女人的腳趾都和小腿成一直線，是可以有八九成把握的。

　　然則聖人為甚麼大呼「中庸」呢？曰：這正因為大家並不中庸的緣故。人必有所缺，這才想起他所需。窮教員養不活老婆了，於是覺到女子自食其力說之合理，並且附帶地向男女平權論點頭；富翁胖到要發哮喘病了，才去打高而富球①，從此主張運動的緊要。我們平時，是決不記得自己有一個頭，或一個肚子，應該加以優待的，然而一旦頭痛肚瀉，這才記起了他們，並且大有休息要緊，飲食小心的議論。倘

145

────────────

① 高而富球，即「高爾夫」，一種球類運動。

有誰聽了這些議論之後，便貿貿然決定這議論者為衛生家，可就失之十丈，差以億里了。

倒相反，他是不衛生家，議論衛生，正是他向來的不衛生的結果的表現。孔子曰：「不得中行而與之，必也狂狷乎，狂者進取，狷者有所不為也！」以孔子交遊之廣，事實上沒法子只好尋狂狷相與，這便是他在理想上之所以哼着「中庸，中庸」的原因。

以上的推定假使沒有錯，那麼，我們就可以進而推定孔子晚年，是生了胃病的了。「割不正不食」，這是他老先生的古板規矩，但「食不厭精，膾不厭細」的條令卻有些稀奇。他並非百萬富翁或能收許多版稅的文學家，想不至於這麼奢侈的，除了只為衛生，意在容易消化之外，別無解法。況且「不撤薑食」，又簡直是省不掉暖胃藥了。何必如此獨厚於胃，念念不忘呢？曰，以其有胃病之故也。

倘說：坐在家裏，不大走動的人們很容易生胃病，孔子周遊列國，運動王公，該可以不生病證的了。那就是犯了知今而不知古的錯誤。蓋當時花旗白麵[②]，尚未輸入，土磨麥粉，多含灰沙，所以分量較今麵為重；國道尚未修成，泥路甚多凹凸，孔子如果肯走，那是不大要緊的，而不幸他偏有一車兩馬。胃裏袋着沉重的麵食，坐在車子裏走着七高八低的道路，一顛一頓，一掀一墜，胃就被墜得大起來，消化力隨之減少，時時作痛；每餐非吃「生薑」不可了。所以那病的名目，該是「胃擴張」；那時候，則是「晚年」，約在周

名家散文必讀・魯迅

② 花旗白麵，即從美國進口的麵粉。

敬王十年以後。

　　以上的推定，雖然簡略，卻都是「讀書得間」的成功。但若急於近功，妄加猜測，即很容易陷於「多疑」的謬誤。例如罷，二月十四日《申報》載南京專電云：「中執委會令各級黨部及人民團體制『忠孝仁愛信義和平』匾額，懸掛禮堂中央，以資啟迪。」看了之後，切不可便推定為各要人譏大家為「忘八」；三月一日《大晚報》載新聞云：「孫總理夫人宋慶齡女士自歸國寓滬後，關於政治方面，不聞不問，惟對社會團體之組織非常熱心。據本報記者所得報告，前日有人由郵政局致宋女士之索詐信□（自按：原缺）件，業經本市當局派駐郵局檢查處檢查員查獲，當將索詐信截留，轉輾呈報市府。」看了之後，也切不可便推定雖為總理夫人宋女士的信件，也常在郵局被當局派員所檢查。

　　蓋雖「學匪派考古學」，亦當不離於「學」，而以「考古」為限的。

三月四日夜

經 驗

▌導讀

　　《經驗》最初發表於 1933 年 7 月 15 日《申報週刊》第二卷第七號，署名洛文，後收入《南腔北調集》。日常生活中，人們對「經驗」往往一概而論，泛泛而談。「經驗之談」常被視為積極的、正面的，極其寶貴，大家都願意洗耳恭聽。魯迅的《經驗》，卻別開生面，作者運用辯證唯物論分析「經驗」的兩重性，將「經驗」所得的結果一分為二，讓人有耳目一新之感。

　　《經驗》全文，脈絡清晰，論證嚴密。首先，作者以《本草綱目》為例，從正面立論，談及古人所傳授的有些經驗，極可寶貴，能使後人受益。接着，作者以「各人自掃門前雪，莫管他家瓦上霜」的俗語為例，談到給人壞影響的經驗。最後，總結全文，得出結論：「經驗的所得的結果無論好壞，都要很大的犧牲，雖是小事情，也免不掉要付驚人的代價。」

　　《經驗》在寫作方法上，具有魯迅雜文的一貫特點。首先，作者旁徵博引，自由驅使各學科知識，為我所用。本文從藥物學著作《本草綱目》談起，談到我國古代「神農嘗百草」的傳說，談到民間諺語和歌謠，談到蒙學讀物《千字文》，談到當前報紙上的宣言和通電……其次，作者聯繫現實，抨擊時弊。《經驗》有強烈的現實關懷，徵引史實，是為了議論時事。作者在文末談到人們

之所以「對於甚麼宣言，通電，講演，談話之類」不去注意，有時還做嘻笑的材料，這是「犧牲了一大片地面，和許多人的生命財產換來的」經驗，正面抨擊了國民黨政府賣國投降的政策。

古人所傳授下來的經驗，有些實在是極可寶貴的，因為它曾經費去許多犧牲，而留給後人很大的益處。

偶然翻翻《本草綱目》，不禁想起了這一點。這一部書，是很普通的書，但裏面卻含有豐富的寶藏。自然，捕風捉影的記載，也是在所不免的，然而大部分的藥品的功用，卻由歷久的經驗，這才能夠知道到這程度，而尤其驚人的是關於毒藥的敘述。我們一向喜歡恭維古聖人，以為藥物是由一個神農皇帝獨自嘗出來的，他曾經一天遇到過七十二毒，但都有解法，沒有毒死。這種傳說，現在不能主宰人心了。人們大抵已經知道一切文物，都是歷來的無名氏所逐漸的造成。建築，烹飪，漁獵，耕種，無不如此；醫藥也如此。這麼一想，這事情可就大起來了：大約古人一有病，最初只好這樣嘗一點，那樣嘗一點，吃了毒的就死，吃了不相干的就無效，有的竟吃到了對證①的就好起來，於是知道這是對於某一種病痛的藥。這樣地累積下去，乃有草創的紀錄，後來漸成為龐大的書，如《本草綱目》就是。而且這書中的所記，又不獨是中國的，還有阿剌伯②人的經驗，有印度人的經驗，則先前所用的犧牲之大，更可想而知了。

然而也有經過許多人經驗之後，倒給了後人壞影響的，如俗語說「各人自掃門前雪，莫管他家瓦上霜」的便是其一。救急扶傷，一不小心，向來就很容易被人所誣陷，而還有一種壞經驗的結果的歌訣，是「衙門八字開，有理無錢莫

① 對證，同「對症」。
② 阿剌伯，現通譯阿拉伯。

進來」，於是人們就只要事不干己，還是遠遠的站開乾淨。我想，人們在社會裏，當初是並不這樣彼此漠不相關的，但因豺狼當道，事實上因此出過許多犧牲，後來就自然的都走到這條道路上去了。所以，在中國，尤其是在都市裏，倘使路上有暴病倒地，或翻車摔傷的人，路人圍觀或甚至於高興的人盡有，肯伸手來扶助一下的人卻是極少的。這便是犧牲所換來的壞處。

　　總之，經驗的所得的結果無論好壞，都要很大的犧牲，雖是小事情，也免不掉要付驚人的代價。例如近來有些看報的人，對於甚麼宣言，通電，講演，談話之類，無論它怎樣騈四儷六，崇論宏議，也不去注意了，甚而還至於不但不注意，看了倒不過做做嘻笑的資料。這那裏有「始制文字，乃服衣裳」一樣重要呢，然而這一點點結果，卻是犧牲了一大片地面，和許多人的生命財產換來的。生命，那當然是別人的生命，倘是自己，就得不着這經驗了。所以一切經驗，是只有活人才能有的，我的決不上別人譏刺我怕死 [3]，就去自殺或拚命的當，而必須寫出這一點來，就為此。而且這也是小小的經驗的結果。

六月十二日

────────────

[3]　梁實秋在《魯迅與牛》一文中，曾借 1930 年 4 月 8 日中國自由運動大同盟聲援四·三慘案集會時有工人被巡捕槍殺之事，譏諷魯迅說：「死的不是『參加工農革命底實際行動』的『左翼作家』，是一位『勇敢的工人』……魯迅先生的『不賣肉主義』是老早言明在先的。」

諺 語

◖ 導讀

　　《諺語》最初發表於 1933 年 7 月 15 日《申報月刊》第二卷第七號，署名洛文，後來收入《南腔北調集》。諺語是約定俗成的，在羣眾中廣為流傳。人們常有一種錯覺，以為諺語「好像一時代一國民的意思的結晶」，其實諺語「不過是一部分的人們的意思」。魯迅的雜文《諺語》，運用階級分析的方法，深刻地論述了諺語的階級性，指出「某一種人，一定只有這某一種人的思想和眼光，不能越出他本階級之外」；地位變化了，思想也跟着變化，奉行的格言也就不同。

　　壓迫者和被壓迫者，其實有雙重道德標準。以「各人自掃門前雪，莫管他家瓦上霜」為例，這是為被壓迫者量身定做的格言，是要人們安分守己，循規蹈矩；當被壓制時，信奉這套格言的人，一旦得勢，足以凌人的時候，就變為「各人不掃門前雪，卻管他家瓦上霜」了。

　　魯迅一針見血地指出「專制者的反面就是奴才，有權時無所不為，失勢時即奴性十足」，這是魯迅對中國歷史的深刻洞察：專制者和奴才貌似相反，實則相成，兩者之間可以互相轉化，有時甚至「二位一體」。孫皓、宋徽宗，就都是集「專制者」和「奴才」於一身的人物。

　　粗略的一想，諺語固然好像一時代一國民的意思的結晶，但其實，卻不過是一部分的人們的意思。現在就以「各人自掃門前雪，莫管他家瓦上霜」來做例子罷，這乃是被壓迫者們的格言，教人要奉公，納稅，輸捐，安分，不可怠慢，不可不平，尤其是不要管閒事；而壓迫者是不算在內的。

　　專制者的反面就是奴才，有權時無所不為，失勢時即奴性十足。孫皓[1]是特等的暴君，但降晉之後，簡直像一個幫閒；宋徽宗在位時，不可一世，而被擄後偏會含垢忍辱。做主子時以一切別人為奴才，則有了主子，一定以奴才自命：這是天經地義，無可動搖的。

　　所以被壓制時，信奉着「各人自掃門前雪，莫管他家瓦上霜」的格言的人物，一旦得勢，足以凌人的時候，他的行為就截然不同，變為「各人不掃門前雪，卻管他家瓦上霜」了。

　　二十年來，我們常常看見：武將原是練兵打仗的，且不問他這兵是用以安內或攘外，總之他的「門前雪」是治軍，然而他偏來干涉教育，主持道德；教育家原是辦學的，無論他成績如何，總之他的「門前雪」是學務，然而他偏去膜拜「活佛」，紹介國醫。小百姓隨軍充伕，童子軍沿門募款。頭兒胡行於上，蟻民亂碰於下，結果是各人的門前都不成樣，各家的瓦上也一團糟。

---

① 　孫皓（242—284），三國時期最後一個君主，非常殘暴。

女人露出了臂膊和小腿，好像竟打動了賢人們的心，我記得曾有許多人絮絮叨叨，主張禁止過，後來也確有明文禁止了。不料到得今年，卻又「衣服蔽體已足，何必前拖後曳，消耗布匹……顧念時艱，後患何堪設想」起來，四川的營山縣長於是就令公安局派隊一一剪掉行人的長衣的下截。長衣原是累贅的東西，但以為不穿長衣，或剪去下截，即於「時艱」有補，卻是一種特別的經濟學。《漢書》上有一句云，「口含天憲」[2]，此之謂也。

某一種人，一定只有這某一種人的思想和眼光，不能越出他本階級之外。說起來，好像又在提倡甚麼犯諱的階級了，然而事實是如此的。謠諺並非全國民的意思，就為了這緣故。古之秀才，自以為無所不曉，於是有「秀才不出門，而知天下事」這自負的漫天大謊，小百姓信以為真，也就漸漸的成了諺語，流行開來。其實是「秀才雖出門，不知天下事」的。秀才只有秀才頭腦和秀才眼睛，對於天下事，那裏看得分明，想得清楚。清末，因為想「維新」，常派些「人才」出洋去考察，我們現在看看他們的筆記罷，他們最以為奇的是甚麼館裏的蠟人能夠和活人對面下棋。南海聖人康有為，佼佼者也，他周遊十一國，一直到得巴爾干，這才悟出外國之所以常有「弒君」之故來了，曰：因為宮牆太矮的緣故。

六月十三日

[2]　口含天憲，比喻說話就是法律，可以決定人的生死。

世故三昧

導讀

《世故三昧》最初發表於 1933 年 11 月 15 日《申報月刊》第二卷第十一號，署名洛文，後收入《南腔北調集》。「三昧」是佛教用語，意思是使心神平靜，雜念止息，是佛教的重要修行方法之一。也用來泛指事物的訣要或奧妙。本文題目中的「世故三昧」，意思是世故的訣要或奧妙。

本文對一些人常責人「深於世故」的現象進行了深度剖析，說「得到『深於世故』的惡諡者，卻還是因為『不通世故』的緣故」。

在《兩地書》裏，魯迅曾對許廣平談到「中國多暗箭，挺身而出的勇士容易喪命」；《世故三昧》裏，作者結合自己的親身經歷，提煉出「中國處世法的精義」，勸導青年人「萬不可挺身而出」，最好是「莫問是非曲直」，三緘其口，喜怒不形於色。

顯然，這是反語。正是有感於社會上「事不關己不開口」的冷漠看客之多，痛恨中國不問是非、明哲保身的世態人情之醜惡，作者才寫了這篇《世故三昧》，予以批判。

《世故三昧》的論述採取了「剝筍法」，層層推進，一步步抵達中心題旨：「責人的『深於世故』而避開了『世』不談，這是更『深於世故』的玩藝」，作者批判的矛頭，最終直接指向黑暗的社會。

人世間真是難處的地方，說一個人「不通世故」，固然不是好話，但說他「深於世故」也不是好話。「世故」似乎也像「革命之不可不革，而亦不可太革」一樣，不可不通，而亦不可太通的。

然而據我的經驗，得到「深於世故」的惡謚者，卻還是因為「不通世故」的緣故。

現在我假設以這樣的話，來勸導青年人——

「如果你遇見社會上有不平事，萬不可挺身而出，講公道話，否則，事情倒會移到你頭上來，甚至於會被指作反動分子的。如果你遇見有人被冤枉，被誣陷的，即使明知道他是好人，也萬不可挺身而出，去給他解釋或分辯，否則，你就會被人說是他的親戚，或得了他的賄賂；倘使那是女人，就要被疑為她的情人的；如果他較有名，那便是黨羽。例如我自己罷，給一個毫不相干的女士 ① 做了一篇信札集的序，人們就說她是我的小姨；紹介一點科學的文藝理論，人們就說得了蘇聯的盧布。親戚和金錢，在目下的中國，關係也真是大，事實給與了教訓，人們看慣了，以為人人都脫不了這關係，原也無足深怪的。

「然而，有些人其實也並不真相信，只是說着玩玩，有趣有趣的。即使有人為了謠言，弄得凌遲碎剮，像明末的鄭鄤 ② 那樣了，和自己也並不相干，總不如有趣的緊要。這

① 指金淑姿。魯迅曾作《〈淑姿的信〉序》，後編入《集外集》。
② 鄭鄤（màn）（1594—1639），明末東林黨人，曾彈劾魏忠賢閹黨之流。崇禎年間被誣陷入獄，凌遲而死。

時你如果去辨正，那就是使大家掃興，結果還是你自己倒楣③。我也有一個經驗，那是十多年前，我在教育部裏做「官僚」，常聽得同事說，某女學校的學生，是可以叫出來嫖的④，連機關的地址門牌，也說得明明白白。有一回我偶然走過這條街，一個人對於壞事情，是記性好一點的，我記起來了，便留心着那門牌，但這一號，卻是一塊小空地，有一口大井，一間很破爛的小屋，是幾個山東人住着賣水的地方，決計做不了別用。待到他們又在談着這事的時候，我便說出我的所見來，而不料大家竟笑容盡斂，不歡而散了，此後不和我談天者兩三月。我事後才悟到打斷了他們的興致，是不應該的。

「所以，你最好是莫問是非曲直，一味附和着大家；但更好是不開口；而在更好之上的是連臉上也不顯出心裏的是非的模樣來⋯⋯」

這是處世法的精義，只要黃河不流到腳下，炸彈不落在身邊，可以保管一世沒有挫折的。但我恐怕青年人未必以我的話為然；便是中年，老年人，也許要以為我是在教壞了他們的子弟。嗚呼，那麼，一片苦心，竟是白費了。

然而倘說中國現在正如唐虞盛世，卻又未免是「世故」之談。耳聞目睹的不算，單是看看報章，也就可以知道社會上有多少不平，人們有多少冤抑。但對於這些事，除了有時

---

③ 倒楣，亦作「倒黴」。
④ 在 1925 年北京女師大風潮中，陳西瀅曾誣衊女師大學生可以「叫局」，隨後一些報刊不斷載有談論此事的文字。

或有同業，同鄉，同族的人們來說幾句呼籲的話之外，利害無關的人的義憤的聲音，我們是很少聽到的。這很分明，是大家不開口；或者以為和自己不相干；或者連「以為和自己不相干」的意思也全沒有。「世故」深到不自覺其「深於世故」，這才真是「深於世故」的了。這是中國處世法的精義中的精義。

而且，對於看了我的勸導青年人的話，心以為非的人物，我還有一下反攻在這裏。他是以我為狡猾的。但是，我的話裏，一面固然顯示着我的狡猾，而且無能，但一面也顯示着社會的黑暗。他單責個人，正是最穩妥的辦法，倘使兼責社會，可就得站出去戰鬥了。責人的「深於世故」而避開了「世」不談，這是更「深於世故」的玩藝，倘若自己不覺得，那就更深更深了，離三昧境蓋不遠矣。

不過凡事一說，即落言筌[⑤]，不再能得三昧。說「世故三昧」者，即非「世故三昧」。三昧真諦，在行而不言；我現在一說「行而不言」，卻又失了真諦，離三昧境蓋益遠矣。

一切善知識，心知其意可也，唵！

十月十三日

---

⑤　筌，捕魚的竹器，言筌的意思是語言的表層的東西，三昧則指最深層次的精髓的東西。

謠言世家

◀ 導讀

　　《謠言世家》最初發表於 1933 年 11 月 15 日《申報月刊》第二卷第十一號，署名洛文，後收入《南腔北調集》。在中國，謠言的力量是無窮的，所以書本裏有「千夫所指，無疾而死」的不平之鳴，口頭上常聽到「唾沫星子能把人淹死」之類的氣憤話。多少捕風捉影，無中生有的謠言，攪得人心惶惶！謠言滿天飛，人們已習以為常。魯迅的《謠言世家》，對謠言進行鞭辟入裏的分析，第一次明確提煉出「謠言世家」的概念，可謂入木三分 ——「世家」指某種專長世代相承的家族。原來，在我們中國，造謠是不但是國人的專長，而且還是一項祖宗的遺產！

　　《謠言世家》從報紙上一篇根據謠言而寫的文章談起，以杭州旗人受「下毒」謠言之害，最終途窮路絕，一敗塗地為例，指出謠言是「殺人不見血的武器」，造謠行為「一面害人，一面也害己」，最終「造謠世家的子弟，是以謠言殺人，也以謠言被殺的。」

　　《謠言世家》的取材，融報刊時事、歷史掌故於一體，上下古今，無所不談。作者的文思縱橫捭闔，自由馳騁：時而是錢大王治世的情形，時而是宋明末代皇帝逃難的場景；時而是西子湖邊的雅人，時而是浙東打架的流氓……這真是「嬉笑怒罵皆成文章」。

雙十佳節，有一位文學家大名湯增敔先生的，在《時事新報》上給我們講光復時候的杭州[①]的故事。他說那時杭州殺掉許多駐防的旗人，辨別的方法，是因為旗人叫「九」為「鈎」的，所以要他說「九百九十九」，一露馬腳，刀就砍下去了。

　　這固然是頗武勇，也頗有趣的。但是，可惜是謠言。

　　中國人裏，杭州人是比較的文弱的人。當錢大王[②]治世的時候，人民被刮得衣褲全無，只用一片瓦掩着下部，然而還要追捐，除被打得殼一般叫之外，並無貳話。不過這出於宋人的筆記，是謠言也説不定的。但宋明的末代皇帝，帶着沒落的闊人，和暮氣一同滔滔的逃到杭州來，卻是事實，苟延殘喘，要大家有剛決的氣魄，難不難。到現在，西子湖邊還多是搖搖擺擺的雅人；連流氓也少有浙東似的「白刀子進紅刀子出」的打架。自然，倘有軍閥做着後盾，那是也會格外的撒潑的，不過當時實在並無敢於殺人的風氣，也沒有樂於殺人的人們。我們只要看舉了老成持重的湯蟄仙先生做都督，就可以知道是不會流血的了。

　　不過戰事是有的。革命軍圍住旗營，開槍打進去，裏面也有時打出來。然而圍得並不緊，我有一個熟人，白天在外面逛，晚上卻自進旗營睡覺去了。

　　雖然如此，駐防軍也終於被擊潰，旗人降服了，房屋被充公是有的，卻並沒有殺戮。口糧當然取消，各人自尋生計，開初倒還好，後來就遭災。

---

①　清朝派旗人駐紮杭州，辛亥革命時革命軍打敗旗兵，佔領杭州，所以稱「光復」。

②　錢大王，指五代十國的吳越國的國君錢鏐。吳越國定都杭州。

怎麼會遭災的呢？就是發生了謠言。

杭州的旗人一向優遊於西子湖邊，秀氣所鍾，是聰明的，他們知道沒有了糧，只好做生意，於是賣糕的也有，賣小菜的也有。杭州人是客氣的，並不歧視，生意也還不壞。然而祖傳的謠言起來了，說是旗人所賣的東西，裏面都藏着毒藥。這一下子就使漢人避之惟恐不遠，但倒是怕旗人來毒自己，並不是自己想去害旗人。結果是他們所賣的糕餅小菜，毫無生意，只得在路邊出賣那些不能下毒的家具。家具一完，途窮路絕，就一敗塗地了。這是杭州駐防旗人的收場。

笑裏可以有刀，自稱酷愛和平的人民，也會有殺人不見血的武器，那就是造謠言。但一面害人，一面也害己，弄得彼此懵懵懂懂。古時候無須提起了，即在近五十年來，甲午戰敗，就說是李鴻章害的，因為他兒子是日本的駙馬，罵了他小半世；庚子拳變，又說洋鬼子是挖眼睛的，因為造藥水，就亂殺了一大通。下毒學說起於辛亥光復之際的杭州，而復活於近來排日的時候。我還記得每有一回謠言，就總有誰被誣為下毒的奸細，給誰平白打死了。

謠言世家的子弟，是以謠言殺人，也以謠言被殺的。

至於用數目來辨別漢滿之法，我在杭州倒聽說是出於湖北的荊州的，就是要他們數一二三四，數到「六」字，讀作上聲，便殺卻。但杭州離荊州太遠了，這還是一種謠言也難說。

我有時也不大能夠分清那句是謠言，那句是真話了。

十月十三日

關於婦女解放

◖ 導讀

　　《關於婦女解放》寫於 1933 年 10 月 21 日，收入《南腔北調集》。本文從孔子的「唯女子與小人為難養也」說起，一開篇就將婦女解放的問題置放到中國以儒家文化為正統的社會環境裏 ——歷來主張「男尊女卑」，提倡婦女「三從四德」的中國傳統社會。

　　本文歷數「五四」運動以後，提倡婦女解放以來的微不足道的「成績」：為了參政權踢倒守衛，與闊男人並肩照相，參加擲瓶禮……作者深刻地揭示出「這並未改革的社會裏，一切單獨的新花樣，都不過一塊招牌，實際上和先前並無兩樣。」最後，作者提出全文的中心論點：婦女必須「不斷的為解放思想，經濟等等而戰鬥。解放了社會，也就解放了自己。」

　　俗話說：「拿別人的手軟，吃別人的嘴軟」，女性不能在經濟上自食其力，就無法得到真正的解放。在婦女解放問題上，魯迅有着客觀冷靜的現實主義的態度。他主張一切女子，應該取得與男子同等的經濟權，擺脫靠別人「養」的地位，因為「在沒有消滅『養』和『被養』的界限以前」，女子的歎息和苦痛「是永遠不會消滅的。」早在 1923 年，魯迅就曾在北京女子高等師範學校以《娜拉走後怎樣》為題發表演講，中心觀點依然是提醒女性為爭取經濟權而進行「深沉的韌性的戰鬥」，魯迅的觀點始終如一。

孔子曰：「唯女子與小人為難養也，近之則不遜，遠之則怨。」女子與小人歸在一類裏，但不知道是否也包括了他的母親。後來的道學先生們，對於母親，表面上總算是敬重的了，然而雖然如此，中國的為母的女性，還受着自己兒子以外的一切男性的輕蔑。

辛亥革命後，為了參政權，有名的沈佩貞女士曾經一腳踢倒過議院門口的守衛。不過我很疑心那是他自己跌倒的，假使我們男人去踢罷，他一定會還踢你幾腳。這是做女子便宜的地方。還有，現在有些太太們，可以和闊男人並肩而立，在碼頭或會場上照一個照相；或者當汽船飛機開始行動之前，到前面去敲碎一個酒瓶（這或者非小姐不可也說不定，我不知道那詳細）了，也還是做女子的便宜的地方。此外，又新有了各樣的職業，除女工，為的是她們工錢低，又聽話，因此為廠主所樂用的不算外，別的就大抵只因為是女子，所以一面雖然被稱為「花瓶」，一面也常有「一切招待，全用女子」的光榮的廣告。男子倘要這麼突然的飛黃騰達，單靠原來的男性是不行的，他至少非變狗不可。

這是「五四」運動後，提倡了婦女解放以來的成績。不過我們還常常聽到職業婦女的痛苦的呻吟，評論家的對於新式女子的譏笑。她們從閨閣走出，到了社會上，其實是又成為給大家開玩笑，發議論的新資料了。

這是因為她們雖然到了社會上，還是靠着別人的「養」；要別人「養」，就得聽人的嘮叨，甚而至於侮辱。我們看看孔夫子的嘮叨，就知道他是為了要「養」而「難」，「近之」、「遠之」都不十分妥帖的緣故。這也是現在的男子

漢大丈夫的一般的歎息。也是女子的一般的苦痛。在沒有消滅「養」和「被養」的界限以前，這歎息和苦痛是永遠不會消滅的。

這並未改革的社會裏，一切單獨的新花樣，都不過一塊招牌，實際上和先前並無兩樣。拿一匹小鳥關在籠中，或給站在竿子上，地位好像改變了，其實還只是一樣的在給別人做玩意，一飲一啄，都聽命於別人。俗語說：「受人一飯，聽人使喚」，就是這。所以一切女子，倘不得到和男子同等的經濟權，我以為所有好名目，就都是空話。自然，在生理和心理上，男女是有差別的；即在同性中，彼此也都不免有些差別，然而地位卻應該同等。必須地位同等之後，才會有真的女人和男人，才會消失了歎息和苦痛。

在真的解放之前，是戰鬥。但我並非說，女人應該和男人一樣的拿槍，或者只給自己的孩子吸一隻奶，而使男子去負擔那一半。我只以為應該不自苟安於目前暫時的位置，而不斷的為解放思想，經濟等等而戰鬥。解放了社會，也就解放了自己。但自然，單為了現存的惟婦女所獨有的桎梏而鬥爭，也還是必要的。

我沒有研究過婦女問題，倘使必須我說幾句，就只有這一點空話。

十月二十一日

火

◖ 導讀

　　《火》最初發表於 1933 年 12 月 15 日《申報月刊》第二卷第十二號，署名洛文，後收入《南腔北調集》。本文以「火」為中心話題，從神話傳説中的普羅米修斯竊取天火，燧人氏鑽木取火，火神菩薩放火，談到古今中外放火的名人：秦始皇焚書，項羽火燒阿房宮，羅馬皇帝火燒羅馬城，中世紀天主教會對「異端」實行火刑，希特勒製造「國會縱火案」……一直談到上海「一二・八」的戰火。舉凡與「火」有關的神話傳説，歷史掌故，全都奔赴作者筆底，在這篇短短的千字文中，作者縱論上下古今，以百科全書式的淵博學識，帶給讀者巨大的信息量。

　　本文揭示了一種隱祕的社會心理：人們是欺善怕惡的。火神菩薩因放火而受供養，為了希望他少作惡；盜火給人的普羅米修斯，被貶入地獄；鑽木取火的燧人氏，已被人遺忘。作惡多端者受供養，為民造福者被忘卻，兩相對照，能不引人深思嗎？

　　説古是為了諷今，通過對「放火」與「點燈」的精彩分析，作者批判的鋒芒直指當時的反動統治者，他們「只許州官放火，不許百姓點燈」，一方面用煤油、燃燒彈、硫磺彈焚燒房舍，屠殺百姓，一方面卻禁止百姓用煤油點燈。

普洛美修斯^①偷火給人類，總算是犯了天條，貶入地獄。但是，鑽木取火的燧人氏卻似乎沒有犯竊盜罪，沒有破壞神聖的私有財產——那時候，樹木還是無主的公物。然而燧人氏也被忘卻了，到如今只見中國人供火神菩薩，不見供燧人氏的。

火神菩薩只管放火，不管點燈。凡是火着就有他的份。因此，大家把他供養起來，希望他少作惡。然而如果他不作惡，他還受得着供養麼，你想？

點燈太平凡了。從古至今，沒有聽到過點燈出名的名人，雖然人類從燧人氏那裏學會了點火已經有五六千年的時間。放火就不然。秦始皇放了一把火——燒了書沒有燒人；項羽入關又放了一把火——燒的是阿房宮不是民房（？——待考）……羅馬的一個甚麼皇帝卻放火燒百姓了；中世紀正教的僧侶就會把異教徒當柴火燒，間或還灌上油。這些都是一世之雄。現代的希特拉^②就是活證人。如何能不供養起來。何況現今是進化時代，火神菩薩也代代跨灶的。

譬如說罷，沒有電燈的地方，小百姓不顧甚麼國貨年，人人都要買點洋貨的煤油，晚上就點起來：那麼幽黯的黃澄澄的光線映在紙窗上，多不大方！不准，不准這麼點燈！你們如果要光明的話，非得禁止這樣「浪費」煤油不可。煤油應當扛到田地裏去，灌進噴筒，呼啦呼啦的噴起來……

---

① 普洛美修斯，通譯普羅米修斯，希臘神話中的人物，因幫人類偷回火種而受到宙斯的懲罰。

② 希特拉，即希特勒。

一場大火，幾十里路的延燒過去，稻禾，樹木，房舍——尤其是草棚——一會兒都變成飛灰了。還不夠，就有燃燒彈，硫磺彈，從飛機上面扔下來，像上海一二‧八的大火似的，夠燒幾天幾晚。那才是偉大的光明呵。

火神菩薩的威風是這樣的。可是說起來，他又不承認：火神菩薩據說原是保佑小民的，至於火災，卻要怪小民自不小心，或是為非作歹，縱火搶掠。

誰知道呢？歷代放火的名人總是這樣說，卻未必總有人信。

我們只看見點燈是平凡的，放火是雄壯的，所以點燈就被禁止，放火就受供養。你不見海京伯馬戲團麼：宰了耕牛餵老虎，原是這年頭的「時代精神」。

十一月二日

搗鬼心傳

導讀

　　《搗鬼心傳》最初發表於 1934 年 1 月 15 日《申報月刊》第三卷第一號，後收入《南腔北調集》。題目中的「心傳」，是佛教禪宗用語，指不立文字，不依經卷，只憑師徒心相印，傳授佛法。

　　本文從報章廣告上常見怪胎畸形的記載談起，由「造化的本領」有限，自然而然地轉入中心話題「人的搗鬼，雖勝於天，而實際上本領也有限」。作者旁徵博引，自由地出入於古代典籍、當前時事之中，其文思宛如天馬行空。於是我們看到了古今搗鬼術：清人筆記裏「鬼氣拂拂」的《鬼趣圖》，晉人小說裏莫名其妙的「山中厲鬼」，此外還有駱賓王聲討武后的檄文，高長虹攻擊魯迅的恐嚇。

　　通過歷史上和現實中各種生動形象的事例，本文揭露人世間搗鬼術的「搗鬼精義」在於模糊含混，使人莫名其妙，高深難測，因為「不測的威稜使人菱傷，不測的妙法使人希望」；但是，即使深得「搗鬼正脈」，也終於是白費心機，因為「搗鬼有術，也有效，然而有限，所以以此成大事者，古來無有。」

　　《搗鬼心傳》中，作者徵引史實，縱論時事，揭露並批判了黑暗社會中形形色色的搗鬼術。聯繫現實，會發現這種批判至今給我們以深刻的啟示，並未過時。

中國人又很有些喜歡奇形怪狀，鬼鬼祟祟的脾氣，愛看古樹發光比大麥開花的多，其實大麥開花他向來也沒有看見過。於是怪胎畸形，就成為報章的好資料，替代了生物學的常識的位置了。最近在廣告上所見的，有像所謂兩頭蛇似的兩頭四手的胎兒，還有從小肚上生出一隻腳來的三腳漢子。固然，人有怪胎，也有畸形，然而造化的本領是有限的，他無論怎麼怪，怎麼畸，總有一個限制：孿兒可以連背，連腹，連臀，連脅，或竟駢頭，卻不會將頭生在屁股上；形可以駢拇，枝指，缺肢，多乳，卻不會兩腳之外添出一隻腳來，好像「買兩送一」的買賣。天實在不及人之能搗鬼。

但是，人的搗鬼，雖勝於天，而實際上本領也有限。因為搗鬼精義，在切忌發揮，亦即必須含蓄。蓋一加發揮，能使所搗之鬼分明，同時也生限制，故不如含蓄之深遠，而影響卻又因而模胡[①]了。「有一利必有一弊」，我之所謂「有限」者以此。

清朝人的筆記裏，常說羅兩峯[②]的《鬼趣圖》，真寫得鬼氣拂拂；後來那圖由文明書局印出來了，卻不過一個奇瘦，一個矮胖，一個臃腫的模樣，並不見得怎樣的出奇，還不如只看筆記有趣。小說上的描摹鬼相，雖然竭力，也都不足以驚人，我覺得最可怕的還是晉人所記的臉無五官，渾淪如雞蛋的山中厲鬼。因為五官不過是五官，縱使苦心經營，要它兇惡，總也逃不出五官的範圍，現在使它渾淪得莫名其妙，讀者也就怕得莫名其妙了。然而其「弊」也，是印象的模胡。不過較之寫些「青面獠牙」，「口鼻流血」的笨伯，自然聰明得遠。

---

① 　模胡，亦作「模糊」。

② 　羅兩峯，清朝畫家羅聘（1733—1799），善於畫鬼。

中華民國人的宣佈罪狀大抵是十條，然而結果大抵是無效。古來盡多壞人，十條不過如此，想引人的注意以至活動是決不會的。駱賓王作《討武曌檄》，那「入宮見嫉，蛾眉不肯讓人，掩袖工讒，狐媚偏能惑主」這幾句，恐怕是很費點心機的了，但相傳武后看到這裏，不過微微一笑。是的，如此而已，又怎麼樣呢？聲罪致討的明文，那力量往往遠不如交頭接耳的密語，因為一是分明，一是莫測的。我想假使當時駱賓王站在大眾之前，只是攢眉搖頭，連稱「壞極壞極」，卻不說出其所謂壞的實例，恐怕那效力會在文章之上的罷。「狂飆文豪」高長虹攻擊我時，說道劣跡多端，倘一發表，便即身敗名裂，而終於並不發表，是深得搗鬼正脈的；但也竟無大效者，則與廣泛俱來的「模胡」之弊為之也。

明白了這兩例，便知道治國平天下之法，在告訴大家以有法，而不可明白切實的說出何法來。因為一說出，即有言，一有言，便可與行相對照，所以不如示之以不測。不測的威稜使人萎傷，不測的妙法使人希望 —— 饑荒時生病，打仗時做詩，雖若與治國平天下不相干，但在莫明其妙中，卻能令人疑為跟着自有治國平天下的妙法在 —— 然而其「弊」也，卻還是照例的也能在模胡中疑心到所謂妙法，其實不過是毫無方法而已。

搗鬼有術，也有效，然而有限，所以以此成大事者，古來無有。

十一月二十二日

家庭為中國之基本

◗ 導讀

　　《家庭為中國之基本》最初發表於 1934 年 1 月 15 日《申報月刊》第三卷第一號，後收入《南腔北調集》。本文對中國社會根深蒂固的傳統家庭觀念，進行了層層深入的分析批判。

　　首先，作者從當時中國人大多躺在家裏抽鴉片，躲在家裏叉麻雀的社會現象談起，指出一種普遍的「從露天下漸漸的躲進家裏去」的墮落趨勢；接着，談到這些人「身處斗室之內，神馳宇宙之外」，善於白日做夢，慣於自欺欺人：放起爆竹，要將月亮從天狗嘴裏救出；吐出飛劍，幻想殺敵於千里之外；最後，談到中國神鬼文化中，即使已經變鬼成仙，也還對家宅戀戀不捨，帶着雞犬一道升天。

　　從日常生活中的飲食與娛樂，談到死後的變鬼與成仙，作者筆墨舒展自如，能將古今事例信手拈來，涉筆成趣。貫穿其中的，是作者始終如一的現實批判：家庭觀念使中國人固守鬥室，安於現狀，不思進取，嚴重阻礙了中國社會的發展：「火藥只做爆竹，指南針只看墳山，恐怕那原因就在此。」

　　家庭為中國之基本。傳統中國社會，講究「家天下」；在中國，「國家」一說中，「家」和「國」是同構的。作者指出，如果固守家庭本位，只能在家裏坐以待斃，因為「家是我們的生處，也是我們的死所」。

中國的自己能釀酒，比自己來種鴉片早，但我們現在只聽說許多人躺着吞雲吐霧，卻很少見有人像外國水兵似的滿街發酒瘋。唐宋的踢球，久已失傳，一般的娛樂是躲在家裏徹夜叉麻雀。從這兩點看起來，我們在從露天下漸漸的躲進家裏去，是無疑的。古之上海文人，已嘗慨乎言之，曾出一聯，索人屬對，道：「三鳥害人鴉雀鴿」，「鴿」是彩票，雅號獎券，那時卻稱為「白鴿票」的。但我不知道後來有人對出了沒有。

不過我們也並非滿足於現狀，是身處斗室之中，神馳宇宙之外，抽鴉片者享樂着幻境，叉麻雀者心儀於好牌。簷下放起爆竹，是在將月亮從天狗嘴裏救出；劍仙坐在書齋裏，哼的一聲，一道白光，千萬里外的敵人可被殺掉了，不過飛劍還是回家，鑽進原先的鼻孔去，因為下次還要用。這叫做千變萬化，不離其宗。所以學校是從家庭裏拉出子弟來，教成社會人才的地方，而一鬧到不可開交的時候，還是「交家長嚴加管束」云。

「骨肉歸於土，命也；若夫魂氣，則無不之也，無不之也！」一個人變了鬼，該可以隨便一點了罷，而活人仍要燒一所紙房子，請他住進去，闊氣的還有打牌桌，鴉片盤。成仙，這變化是很大的，但是劉太太偏捨不得老家，定要運動到「拔宅飛升」，連雞犬都帶了上去而後已，好依然的管家務，飼狗，餵雞。

我們的古今人，對於現狀，實在也願意有變化，承認其變化的。變鬼無法，成仙更佳，然而對於老家，卻總是死也不肯放。我想，火藥只做爆竹，指南針只看墳山，恐怕那原

因就在此。

現在是火藥蛻化為轟炸彈，燒夷彈，裝在飛機上面了，我們卻只能坐在家裏等他落下來。自然，坐飛機的人是頗有了的，但他那裏是遠征呢，他為的是可以快點回到家裏去。

家是我們的生處，也是我們的死所。

十二月十六日

航空救國三願

◗ 導讀

　　《航空救國三願》最初發表於 1933 年 2 月 5 日《申報·自由談》，後來收入《偽自由書》。1933 年 1 月，國民黨政府打出「航空救國」的旗號，舉辦航空救國飛機募捐，組織中華航空救國會，宣稱要「集合全國民眾力量，輔助政府，努力航空事業」，當局在全國各地發行航空獎券，強行募捐。其實，所謂「航空救國」不過是巧立名目，是為了借此搜刮民脂民膏。本文揭露了當時國民黨政府以抗日為名，行斂財之實的醜惡行徑。

　　首先，本文以諷刺的筆調，揭露了各式各樣的人們的形形色色的「救國論」：「銀行家說儲蓄救國，賣稿子的說文學救國，畫畫兒的說藝術救國，愛跳舞的說寓救國於娛樂之中，還有，據煙草公司說，則就是吸吸馬占山將軍牌香煙，也未始非救國之一道云。」顯然，這些「救國論」與「航空救國論」一樣，都是打着「救國」名義的廣告，是為了斂財以自利。

　　其次，本文大量運用反語，正話反說，揭示了國民黨當局假裝抗日、屠殺人民的醜惡嘴臉，作者追問道：「我們正由『不抵抗』以至『長期抵抗』而入於『心理抵抗』的時候，實際上恐怕一時未必和外國打仗，那時戰士技癢了，而又苦於英雄無用武之地，不知道會不會炸彈倒落到手無寸鐵的人民頭上來的？」

現在各色的人們大喊着各種的救國，好像大家突然愛國了似的。其實不然，本來就是這樣，在這樣地救國的，不過現在喊了出來罷了。

所以銀行家說貯蓄救國，賣稿子的說文學救國，畫畫兒的說藝術救國，愛跳舞的說寓救國於娛樂之中，還有，據煙草公司說，則就是吸吸馬占山將軍牌香煙，也未始非救國之一道云。

這各種救國，是像先前原已實行過來一樣，此後也要實行下去的，決不至於五分鐘。

只有航空救國 ① 較為別致，是應該刮目相看的，那將來也很難預測，原因是在主張的人們自己大概不是飛行家。

那麼，我們不妨預先說出一點願望來。

看過去年此時的上海報的人們恐怕還記得，蘇州不是有一隊飛機來打仗的麼？後來別的都在中途「迷失」了，只剩下領隊的洋烈士 ② 的那一架，雙拳不敵四手，終於給日本飛機打落，累得他母親從美洲路遠迢迢的跑來，痛哭一場，帶幾個花圈而去。聽說廣州也有一隊出發的，閨秀們還將詩詞繡在小衫上，贈戰士以壯行色。然而，可惜得很，好像至今還沒有到。

所以我們應該在防空隊成立之前，陳明兩種願望 ——

名家散文必讀·魯迅

<hr>

① 1933 年初，國民黨政府決定舉辦航空救國飛機捐，在全國發行航空獎券，強行募捐。

② 1932 年 2 月，美國飛行員蕭特 (B.Short) 為國民黨當局試驗新購飛機的性能，飛經蘇州時遭遇日機，被擊落身亡。

一、路要認清；

二、飛得快些。

還有更要緊的一層，是我們正由「不抵抗」以至「長期抵抗」而入於「心理抵抗」③的時候，實際上恐怕一時未必和外國打仗，那時戰士技癢了，而又苦於英雄無用武之地，不知道會不會炸彈倒落到手無寸鐵的人民頭上來的？

所以還得戰戰兢兢的陳明一種願望，是——

三、莫殺人民！

二月三日

---

③　這些都是國民黨當局為推行不抵抗政策而發表的言論中常用的掩飾語。

文學上的折扣

◖ 導讀

　　《文學上的折扣》最初發表於 1933 年 3 月 15 日《申報‧自由談》，後來收入《偽自由書》。1933 年 3 月，《大晚報》連載張若谷的《婆漢迷》，這是一部惡意編造的影射文化界人士的長篇小說，以「羅無心」影射魯迅，「郭得富」影射郁達夫，等等。但就在當月，《大晚報》副刊發出徵稿啟事，忽然聲稱投稿「如含攻訐個人或團體性質者恕不揭載」。這種自相矛盾，自欺欺人的行徑，引起了魯迅的注意。《文學上的折扣》由此事而起，對當時文壇上這種「誇大，裝腔，撒謊」的「文學家」的「老脾氣」，給予了無情的揭露。

　　本文討論的中心話題是「中國文章之誇大」，作者旁徵博引，從野史、小說中形容人物相貌「大耳垂肩」談起，談到詩歌中說愁是「白髮三千丈」，戲台上以四個戲子代表「十萬精兵」，刊物上冠冕堂皇的陽面文章，字裏行間藏着鬼把戲……在進行文學批評的同時，作者也沒忘記進行現實批判，對當時國民黨軍政「要人」在談話或通電中經常引用「枕戈待旦」、「臥薪嘗膽」、「盡忠報國」等語，其實只是誇大其詞，裝腔作勢，作者也順手予以了抨擊。

　　現實生活中的「誇張」，要大打折扣；文藝創作中的「誇

張」，是一種修辭手段。本文以「文學上的折扣」為題，作者真正批判的，到底是哪種「誇張」？

有一種無聊小報，以登載誣衊一部分人的小説自鳴得意，連姓名也都給以影射的，忽然對於投稿，説是「如含攻訐個人或團體性質者恕不揭載」^①了，便不禁想到了一些事——

　　凡我所遇見的研究中國文學的外國人中，往往不滿於中國文章之誇大。這真是雖然研究中國文學，恐怕到死也還不會懂得中國文學的外國人。倘是我們中國人，則只要看過幾百篇文章，見過十來個所謂「文學家」的行徑，又不是剛剛「從民間來」的老實青年，就決不會上當。因為我們慣熟了，恰如錢店夥計的看見鈔票一般，知道甚麼是通行的，甚麼是該打折扣的，甚麼是廢票，簡直要不得。

　　譬如説罷，稱讚貴相是「兩耳垂肩」，這時我們便至少將他打一個對折，覺得比通常也許大一點，可是決不相信他的耳朵像豬玀一樣。説愁是「白髮三千丈」，這時我們便至少將他打一個二萬扣，以為也許有七八尺，但決不相信它會盤在頂上像一個大草囤。這種尺寸，雖然有些模胡，不過總不至於相差太遠。反之，我們也能將少的增多，無的化有，例如戲台上走出四個拿刀的瘦伶仃的小戲子，我們就知道這是十萬精兵；刊物上登載一篇儼乎其然的像煞有介事的文章，我們就知道字裏行間還有看不見的鬼把戲。

　　又反之，我們並且能將有的化無，例如甚麼「枕戈待

① 這是 1933 年 3 月《大晚報》副刊《辣椒與橄欖》的徵稿啟事中的言論。該報曾連載張若谷的「儒林新史」《婆漢迷》，其中惡意編造人物名字，影射文化界人士，如以「羅無心」影射魯迅，「郭得富」影射郁達夫等。

且」呀,「臥薪嘗膽」呀,「盡忠報國」呀,我們也就即刻會看成白紙,恰如還未定影的照片,遇到了日光一般。

但這些文章,我們有時也還看。蘇東坡貶黃州時,無聊之至,有客來,便要他談鬼。客說沒有。東坡道:「你姑且胡說一通罷。」我們的看,也不過這意思。但又可知道社會上有這樣的東西,是費去了多少無聊的眼力。人們往往以為打牌,跳舞有害,實則這種文章的害還要大,因為一不小心,就會給它教成後天的低能兒的。

《頌》詩早已拍馬②,《春秋》已經隱瞞③,戰國時談士蜂起,不是以危言聳聽,就是以美詞動聽,於是誇大,裝腔,撒謊,層出不窮④。現在的文人雖然改着了洋服,而骨髓裏卻還埋着老祖宗,所以必須取消或折扣,這才顯出幾分真實。

「文學家」倘不用事實來證明他已經改變了他的誇大,裝腔,撒謊……的老脾氣,則即使對天立誓,説是從此要十分正經,否則天誅地滅,也還是徒勞的。因為我們也早已看慣了許多家都釘着「假冒王麻子滅門三代」的金漆牌子的了,又何況他連小尾巴也還在搖搖搖呢。

三月十二日

---

② 《頌》指《詩經》中的《頌》,歌頌西周各位先王,屬於朝廷音樂。

③ 《春秋》的一個重要特點是「春秋筆法」,為尊者諱,有些説法非常隱諱。

④ 戰國時「士」階層興起,他們靠口才縱橫天下,加官晉爵,以蘇秦、張儀等為代表。

言論自由的界限

◗ 導讀

　　《言論自由的界限》最初發表於 1933 年 4 月 22 日《申報‧自由談》，後來收入《偽自由書》。1929 年，新月社的文人學者在《新月》月刊上發表談人權、約法等問題的文章，引證英、美各國法規，批評國民黨「獨裁」，提出解決中國政治問題的意見。這本是為國民黨出謀劃策，用心良苦。但文章發表後，國民黨報刊紛紛攻擊，說新月社「言論實屬反動」，國民黨決議對胡適加以「警誡」，《新月》月刊一度遭到扣留。新月社轉而研讀「國民黨的經典」，著文引據三民主義以辨明心跡，終於得到蔣介石政府的賞識。

　　《言論自由的界限》正是針對新月社而作。本文以《紅樓夢》中的奴才焦大酒醉罵主子，是為了「要賈府好」為例，指出「新月社諸君子」和焦大有着相類的境遇，他們同國民黨之間，也是奴才和主子的關係。新月社先前所要的「言論自由」，「只以能夠表示主人的寬宏大度的說些『老爺，你的衣服……』為限」，雖然一度未被主子體察而受到懲罰，但在「辨明心跡」之後就得到了「甜頭」。針對當時有人「還想說開去」，幻想真正的「言論自由」，作者指出「一說開去，是連性命都要送掉的」，提醒人們不要對國民黨當局抱有幻想。

　　看《紅樓夢》，覺得賈府上是言論頗不自由的地方。焦大以奴才的身分，仗着酒醉，從主子罵起，直到別的一切奴才，說只有兩個石獅子乾淨。結果怎樣呢？結果是主子深惡，奴才痛嫉，給他塞了一嘴馬糞。

　　其實是，焦大的罵，並非要打倒賈府，倒是要賈府好，不過說主奴如此，賈府就要弄不下去罷了。然而得到的報酬是馬糞。所以這焦大，實在是賈府的屈原，假使他能做文章，我想，恐怕也會有一篇《離騷》之類。

　　三年前的新月社諸君子，不幸和焦大有了相類的境遇。他們引經據典，對於黨國有了一點微詞，雖然引的大抵是英國經典，但何嘗有絲毫不利於黨國的惡意，不過說：「老爺，人家的衣服多麼乾淨，您老人家的可有些兒髒，應該洗它一洗」罷了。不料「荃不察余之中情兮」[①]，來了一嘴的馬糞：國報同聲致討，連《新月》雜誌也遭殃。但新月社究竟是文人學士的團體，這時就也來了一大堆引據三民主義，辨明心跡的「離騷經」。現在好了，吐出馬糞，換塞甜頭，有的顧問，有的教授，有的祕書，有的大學院長，言論自由，《新月》也滿是所謂「為文藝的文藝」了。

　　這就是文人學士究竟比不識字的奴才聰明，黨國究竟比賈府高明，現在究竟比乾隆時候光明：三明主義。

　　然而竟還有人在嚷着要求言論自由。世界上沒有這許多甜頭，我想，該是明白的罷，這誤解，大約是在沒有悟到

---

①　此句出自《離騷》。

現在的言論自由，只以能夠表示主人的寬宏大度的說些「老爺，你的衣服⋯⋯」為限，而還想說開去。

這是斷乎不行的。前一種，是和《新月》受難時代不同，現在好像已有的了，這《自由談》也就是一個證據，雖然有時還有幾位拿着馬糞，前來探頭探腦的英雄。至於想說開去，那就足以破壞言論自由的保障。要知道現在雖比先前光明，但也比先前利害，一說開去，是連性命都要送掉的。即使有了言論自由的明令，也千萬大意不得。這我是親眼見過好幾回的，非「賣老」也，不自覺其做奴才之君子，幸想一想而垂鑒焉。

四月十七日

推

導讀

　　《推》最初發表於 1933 年 6 月 11 日《申報·自由談》，後來收入《准風月談》。本文以我們在日常生活已經習以為常，見怪不怪的一個動作 ——「推」為中心話題，抨擊了當時上海的「洋大人」和「高等華人」對中國底層人民的肆意欺凌。

　　本文充滿了強烈的社會批判的激情。作者的論述是由報紙上的一條時事新聞引起的：報童因被長衫人物推倒，碾死於電車車輪之下。接下來，作者引申開來，運用簡練的白描手法，傳神地勾勒了上海街頭兩種橫衝直撞的人物的素描像。這是「洋大人」的「踏」：「不用兩手，卻只將直直的長腳，如入無人之境似的踏過來，倘不讓開，他就會踏在你的肚子或肩膀上」；這是「上等華人」的「推」：「彎上他兩條臂膊，手掌向外，像蠍子的兩個鉗一樣，一路推過去，不管被推的人是跌在泥塘或火坑裏」。作者只提煉出「踏」和「推」兩個動作，就使得「洋大人」和「高等華人」目中無人、飛揚跋扈的類型形象躍然紙上。

　　顯然，「推」和「踏」是一種象徵，是當時帝國主義者和高等華人橫行無忌，肆意欺壓中國百姓的行徑的一種象徵。所以，作者最後提醒國人說：「這推與踏也還要廓大開去。要推倒一切下等華人中的幼弱者，要踏倒一切下等華人。」

兩三月前，報上好像登過一條新聞，説有一個賣報的孩子，踏上電車的踏腳去取報錢，誤踹住了一個下來的客人的衣角，那人大怒，用力一推，孩子跌入車下，電車又剛剛走動，一時停不住，把孩子碾死了。

　　推倒孩子的人，卻早已不知所往。但衣角會被踹住，可見穿的是長衫，即使不是「高等華人」，總該是屬於上等的。

　　我們在上海路上走，時常會遇見兩種橫衝直撞，對於對面或前面的行人，決不稍讓的人物。一種是不用兩手，卻只將直直的長腳，如入無人之境似的踏過來，倘不讓開，他就會踏在你的肚子或肩膀上。這是洋大人，都是「高等」的，沒有華人那樣上下的區別。一種就是彎上他兩條臂膊，手掌向外，像蠍子的兩個鉗一樣，一路推過去，不管被推的人是跌在泥塘或火坑裏。這就是我們的同胞，然而「上等」的，他坐電車，要坐二等所改的三等車，他看報，要看專登黑幕的小報，他坐着看得嗎唾沫，但一走動，又是推。

　　上車，進門，買票，寄信，他推；出門，下車，避禍，逃難，他又推。推得女人孩子都跟跟蹌蹌，跌倒了，他就從活人上踏過，跌死了，他就從死屍上踏過，走出外面，用舌頭舐舐自己的厚嘴脣，甚麼也不覺得。舊曆端午，在一家戲場裏，因為一句失火的謠言，就又是推，把十多個力量未足的少年踏死了。死屍擺在空地上，據説去看的又有萬餘人，人山人海，又是推。

推了的結果，是嘻開嘴巴，説道：「阿唷，好白相來希 ①呀！」

住在上海，想不遇到推與踏，是不能的，而且這推與踏也還要廓大開去。要推倒一切下等華人中的幼弱者，要踏倒一切下等華人。這時就只剩了高等華人頌祝着——

「阿唷，真好白相來希呀。為保全文化起見，是雖然犧牲任何物質，也不應該顧惜的—— 這些物質有甚麼重要性呢！」

六月八日

---

① 上海話，「好玩得很」的意思。

二丑藝術

◀ 導讀

　　《二丑藝術》最初發表於 1933 年 6 月 18 日《申報‧自由談》，後來收入《准風月談》。從前鄉下的戲台上，往往掛着一副對聯，道是「戲場小天地，天地大戲場」；現在我們也還經常聽到「人生如戲」的感慨。戲場與人生，很多時候都能遙相呼應，共同揭示生活的真相。魯迅的《二丑藝術》，通過戲劇舞台上的一種角色——「二花臉」即「二丑」，提煉出現實生活中的一種人物類型——幫閒文人。

　　本文準確地概括了「二丑」的特點：「身份比小丑高，而性格卻比小丑壞」。二丑的本領只在幫閒：「他有點上等人模樣，也懂些琴棋書畫，也來得行令猜謎，但倚靠的是權門，凌蔑的是百姓」，這正是為統治者歌功頌德、粉飾太平，對老百姓欺壓凌辱的幫閒文人的醜惡嘴臉；然而，二丑的態度，是騎牆觀望的，他善於玩弄兩面派的手法，作者精確地勾勒出二丑的類型形象：「當受着豢養，分着餘炎的時候，也得裝着和這貴公子並非一伙。」

　　最後，作者深刻地揭示出「二丑」現象的社會根源：「世間只要有權門，一定有惡勢力，有惡勢力，就一定有二花臉，而且有二花臉藝術。」從戲場說到文壇，從「二丑」說到「知識階級」，作者完成了對幫閒文人的無情批判。

　　浙東的有一處的戲班中，有一種腳色叫作「二花臉」，譯得雅一點，那麼，「二丑」就是。他和小丑的不同，是不扮橫行無忌的花花公子，也不扮一味仗勢的宰相家丁，他所扮演的是保護公子的拳師，或是趨奉公子的清客。總之：身份比小丑高，而性格卻比小丑壞。

　　義僕是老生扮的，先以諫諍，終以殉主；惡僕是小丑扮的，只會作惡，到底滅亡。而二丑的本領卻不同，他有點上等人模樣，也懂些琴棋書畫，也來得行令猜謎，但倚靠的是權門，凌蔑的是百姓，有誰被壓迫了，他就來冷笑幾聲，暢快一下，有誰被陷害了，他又去嚇唬一下，吆喝幾聲。不過他的態度又並不常常如此的，大抵一面又回過臉來，向台下的看客指出他公子的缺點，搖着頭裝起鬼臉道：你看這傢伙，這回可要倒楣哩！

　　這最末的一手，是二丑的特色。因為他沒有義僕的愚笨，也沒有惡僕的簡單，他是知識階級。他明知道自己所靠的是冰山，一定不能長久，他將來還要到別家幫閒，所以當受着豢養①，分着餘炎的時候，也得裝着和這貴公子並非一伙。

　　二丑們編出來的戲本上，當然沒有這一種腳色的，他那裏肯；小丑，即花花公子們編出來的戲本，也不會有，因為他們只看見一面，想不到的。這二花臉，乃是小百姓看透了這一種人，提出精華來，制定了的腳色。

---

①　豢（huàn）養，收買並包養。

世間只要有權門，一定有惡勢力，有惡勢力，就一定有二花臉，而且有二花臉藝術。我們只要取一種刊物，看他一個星期，就會發見他忽而怨恨春天，忽而頌揚戰爭，忽而譯蕭伯納演說，忽而講婚姻問題；但其間一定有時要慷慨激昂的表示對於國事的不滿：這就是用出末一手來了。

這最末的一手，一面也在遮掩他並不是幫閒，然而小百姓是明白的，早已使他的類型在戲台上出現了。

六月十五日

談 蝙 蝠

◗ 導讀

　　《談蝙蝠》最初發表於 1933 年 6 月 25 日《申報‧自由談》，後收入《准風月談》。1932 年 11 月 27 日，魯迅在北京師範大學發表講演，講題是《再論「第三種人」》。梁實秋在《論第三種人》一文中，針對此次演講，對魯迅加以嘲諷：「魯迅先生最近到北平，做過數次演講，有一次講題是《第三種人》……這一回他舉了一個譬喻說，胡適之先生等所倡導的新文學運動，是穿着皮鞋踏入文壇，現在的普羅運動，是赤腳的也要闖入文壇。隨後報紙上就有人批評說，魯迅先生演講的那天既未穿皮鞋亦未赤腳，而登着一雙帆布膠皮鞋，正是『第三種人。』」

　　《談蝙蝠》是魯迅對梁實秋嘲諷的反擊。以蝙蝠為話題，作者用貌似散漫的筆調，介紹了中西方有關蝙蝠的各種趣聞逸事：在中國，蝙蝠的名譽還算好，牠的名目與「福」字同音，中國文人還曾將蝙蝠寫入詩篇；西方人討厭蝙蝠，因為伊索寓言告訴他們，蝙蝠非獸非鳥。

　　談蝙蝠，是為了反駁梁實秋的攻擊。最後作者轉入正題，諷喻現實，一針見血地指出，伊索寓言說蝙蝠非獸非鳥，因為那時動物學還幼稚得很；現在還有人拾些希臘古典，來作正經話講，「那就只足表示他的知識，還和伊索時候……相同。」而梁實秋「以為橡皮鞋是草鞋和皮鞋之間的東西，那知識也相仿」。

人們對於夜裏出來的動物，總不免有些討厭他，大約因為他偏不睡覺，和自己的習慣不同，而且在昏夜的沉睡或「微行」中，怕他會窺見甚麼祕密罷。

蝙蝠雖然也是夜飛的動物，但在中國的名譽卻還算好的。這也並非因為他吞食蚊虻，於人們有益，大半倒在他的名目，和「福」字同音。以這麼一副尊容而能寫入畫圖，實在就靠着名字起得好。還有，是中國人本來願意自己能飛的，也設想過別的東西都能飛。道士要羽化，皇帝想飛升，有情的願作比翼鳥兒，受苦的恨不得插翅飛去。想到老虎添翼，便毛骨聳然，然而青蚨飛來，則眉眼莞爾。至於墨子的飛鳶終於失傳，飛機非募款到外國去購買不可，則是因為太重了精神文明的緣故，勢所必至，理有固然，毫不足怪的。但雖然不能夠做，卻能夠想，所以見了老鼠似的東西生着翅子，倒也並不詫異，有名的文人還要收為詩料，謅出甚麼「黃昏到寺蝙蝠飛」①那樣的佳句來。

西洋人可就沒有這麼高情雅量，他們不喜歡蝙蝠。推源禍始，我想，恐怕是應該歸罪於伊索的。他的寓言裏，說過鳥獸各開大會，蝙蝠到獸類裏去，因為他有翅子，獸類不收，到鳥類裏去，又因為他是四足，鳥類不納，弄得他毫無立場，於是大家就討厭這作為騎牆的象徵的蝙蝠了。

中國近來拾一點洋古典，有時也奚落起蝙蝠來。但這種寓言，出於伊索，是可喜的，因為他的時代，動物學還幼稚

---

① 見韓愈《山石》詩。

名家散文必讀·魯迅

得很。現在可不同了，鯨魚屬於甚麼類，蝙蝠屬於甚麼類，就是小學生也都知道得清清楚楚。倘若還拾一些希臘古典，來作正經話講，那就只足表示他的知識，還和伊索時候，各開大會的兩類紳士淑女們相同。

　　大學教授梁實秋先生以為橡皮鞋是草鞋和皮鞋之間的東西，那知識也相仿，假使他生在希臘，位置是說不定會在伊索之下的，現在真可惜得很，生得太晚一點了。

　　　　　　　　　　　　　　　　　　　六月十六日

華德焚書異同論

◖ 導讀

　　《華德焚書異同論》最初發表於 1933 年 7 月 11 日《申報·自由談》，後收入《准風月談》。顧名思義，《華德焚書異同論》主要論證中國秦始皇和德國希特勒焚書的異與同。

　　1933 年，希特勒上台後，實行法西斯主義統治，禁止所謂「非德意志」的書籍出版流通。1933 年 5 月起曾在柏林等地焚燒書籍。當時有些評論者曾將希特勒燒書之舉，比之於秦始皇。在《華德焚書異同論》中，魯迅首先以歷史事實，雄辯地論證秦始皇焚書與希特勒燒書之不同，魯迅指出：秦始皇焚書，「是為了統一思想。但他沒有燒掉農書和醫書；他收羅許多別國的『客卿』，並不專重『秦的思想』，倒是博採各種的思想的。」這是同希特勒的毀滅文明判然有別的。而且「秦始皇的車同軌，書同文……之類的大事業，他們一點也做不到。」

　　但是，作者筆鋒一轉，接下來論證秦始皇與希特勒焚書之同。華德焚書的殘暴統治者，無論是秦始皇，還是希特勒，他們摧殘文化，禁錮思想，只有量的不同，並無質的區別，最終他們殊途同歸，一敗塗地：秦王朝二世而亡；只有半年，希特勒的門徒們就被奧地利禁止。作者縱談古今，橫議中外，批判的鋒芒最終直指各式各樣的文化專制主義。

德國的希特拉①先生們一燒書，中國和日本的論者們都比之於秦始皇。然而秦始皇實在冤枉得很，他的吃虧是在二世而亡，一班幫閒們都替新主子去講他的壞話了。

不錯，秦始皇燒過書，燒書是為了統一思想。但他沒有燒掉農書和醫書；他收羅許多別國的「客卿」，並不專重「秦的思想」，倒是博採各種的思想的。秦人重小兒；始皇之母，趙女也，趙重婦人，所以我們從「劇秦」的遺文中，也看不見輕賤女人的痕跡。

希特拉先生們卻不同了，他所燒的首先是「非德國思想」的書，沒有容納客卿的魄力；其次是關於性的書，這就是毀滅以科學來研究性道德的解放，結果必將使婦人和小兒沉淪在往古的地位，見不到光明。而可比於秦始皇的車同軌，書同文⋯⋯之類的大事業，他們一點也做不到。

阿剌伯②人攻陷亞歷山德府③的時候，就燒掉了那裏的圖書館，那理論是：如果那些書籍所講的道理，和《可蘭經》相同，則已有《可蘭經》，無須留了；倘使不同，則是異端，不該留了。這才是希特拉先生們的嫡派祖師——雖然阿剌伯人也是「非德國的」——和秦的燒書，是不能比較的。

但是結果往往和英雄們的豫算不同。始皇想皇帝傳至萬世，而偏偏二世而亡，赦免了農書和醫書，而秦以前的這一

---

① 希特拉，現統一書為希特勒。

② 阿剌伯，現統一書為阿拉伯。

③ 亞歷山德府，即埃及的亞歷山大城。

類書，現在卻偏偏一部也不剩。希特拉先生一上台，燒書，打猶太人，不可一世，連這裏的黃臉乾兒們，也聽得興高采烈，向被壓迫者大加嘲笑，對諷刺文字放出諷刺的冷箭④來 —— 到底還明白的冷冷的訊問道：你們究竟要自由不要？不自由，無寧死。現在你們為甚麼不去拚死呢？

這回是不必二世，只有半年，希特拉先生的門徒們在奧國一被禁止，連黨徽也改成三色玫瑰了。最有趣的是因為不准叫口號，大家就以手遮嘴，用了「掩口式」。⑤

這真是一個大諷刺。刺的是誰，不問也罷，但可見諷刺也還不是「夢囈」，質之黃臉乾兒們，不知以為何如？

六月二十八日

---

④ 《大晚報‧火炬》載有法魯的《到底要不要自由》一文，對得不到寫作自由而被迫用「彎彎曲曲」筆法的作者進行嘲諷。

⑤ 1933 年 1 月希特勒執政後，極力推行德奧合併政策。奧地利的法西斯政黨國社黨與之呼應。當時奧地利總理陶爾斐斯為了阻止德奧合併運動，下令除國旗外禁止懸掛政黨旗幟，後又下令解散國社黨，禁止佩戴該黨黨徽，禁呼該黨口號。有的國社黨員因而用黑紅白三色玫瑰花代替該黨的卐字標誌；或直立舉右手，以左手掩口，作為呼口號的表示。

我談「墮民」

◖ 導讀

　　《我談「墮民」》最初發表於 1933 年 7 月 6 日《申報・自由談》，後收入《准風月談》。「墮民」，亦作「惰民」，舊時分佈於浙東、蘇南的一種受歧視的「賤民」。

　　對於墮民的起源，眾說不一。1933 年 6 月 29 日《申報・自由談》刊載唐弢《墮民》一文，引用《墮民猥談》之說，認為墮民是宋將焦光瓚的部屬，而由明太祖榜為「丐戶」。魯迅的《我談「墮民」》，即因唐弢文章而起，對此觀點表示質疑。魯迅說：「明太祖對於元朝，尚且不肯放肆，他是決不會來管隔一朝代的降金的宋將的」；從墮民的職業至今遺有「教坊」或「樂戶」的餘痕和「好人的子孫」反倒總是「吃苦」的通例來推測，他們的祖先「倒是明初的反抗洪武和永樂皇帝的忠臣義士也說不定」。

　　顯然，《我談「墮民」》的關注重點，並非歷史上墮民的緣起，而是民國後紹興墮民的現狀。他們「是一種已經解放了的奴才」：男子操賤業，女子每逢年節必到「她所認為主人」的家中道喜、幫忙，在這裏還「留着奴才的皮毛」。但讓人費解的是，他們具有根深蒂固的奴性，往往「為了一點點犒賞，不但安於做奴才，而且還要做更廣泛的奴才，還得出錢去買做奴才的權利」，這真是萬劫不復的奴才了。作者經由墮民，再次批判了奴才思想。

六月二十九日的《自由談》裏，唐弢先生曾經講到浙東的墮民，並且據《墮民猥談》之說，以為是宋將焦光瓚的部屬，因為降金，為時人所不齒，至明太祖，乃榜其門曰「丐戶」，此後他們遂在悲苦和被人輕蔑的環境下過着日子。

我生於紹興，墮民是幼小時候所常見的人，也從父老的口頭，聽到過同樣的他們所以成為墮民的緣起。但後來我懷疑了。因為我想，明太祖對於元朝，尚且不肯放肆，他是決不會來管隔一朝代的降金的宋將的；況且看他們的職業，分明還有「教坊」或「樂戶」的餘痕，所以他們的祖先，倒是明初的反抗洪武和永樂皇帝的忠臣義士也說不定。還有一層，是好人的子孫會吃苦，賣國者的子孫卻未必變成墮民的，舉出最近便的例子來，則岳飛的後裔還在杭州看守岳王墳，可是過着很窮苦悲慘的生活，然而秦檜，嚴嵩……的後人呢？……

不過我現在並不想翻這樣的陳年賬。我只要說，在紹興的墮民，是一種已經解放了的奴才，這解放就在雍正年間罷，也說不定。所以他們是已經都有別的職業的了，自然是賤業。男人們是收舊貨，賣雞毛，捉青蛙，做戲；女的則每逢過年過節，到她所認為主人的家裏去道喜，有慶弔事情就幫忙，在這裏還留着奴才的皮毛，但事畢便走，而且有頗多的犒賞，就可見是曾經解放過的了。

每一家墮民所走的主人家是有一定的，不能隨便走；婆婆死了，就使兒媳婦去，傳給後代，恰如遺產的一般；必須非常貧窮，將走動的權利賣給了別人，這才和舊主人斷絕了關係。假使你無端叫她不要來了，那就是等於給與她重大的

侮辱。我還記得民國革命之後，我的母親曾對一個墮民的女人說：「以後我們都一樣了，你們可以不要來了。」不料她卻勃然變色，憤憤的回答道：「你說的是甚麼話？……我們是千年萬代，要走下去的！」

　　就是為了一點點犒賞，不但安於做奴才，而且還要做更廣泛的奴才，還得出錢去買做奴才的權利，這是墮民以外的自由人所萬想不到的罷。

七月三日

別一個竊火者

◀ **導讀**

　　《別一個竊火者》最初發表於 1933 年 7 月 9 日《申報·自由談》，後收入《准風月談》。本文從普羅米修斯的故事說起。希臘神話中說，普羅米修斯從天上偷取火種給人間，受到主神宙斯的懲罰，被釘在高加索山的岩石上，讓神鷹啄食他的肝臟，夜間傷口癒合，天明神鷹復啄，但他始終堅毅不屈，後來，赫拉克勒斯殺死神鷹將他救出。

　　本文所寫的，是非洲神話中另一個竊火者，他因從天上偷了火來，傳給人類，觸犯了大神大拉斯之怒，這跟普羅米修斯是一樣的，不同的是他們此後的遭遇。

　　他們受到的懲罰不一樣。首先，懲罰的地點不一樣：普羅米修斯被鎖在山巔，他卻被祕密地鎖在暗黑的地窖子裏，他的受罰無人知曉，無聲無息；其次，懲罰的方式不一樣：普羅米修斯的敵手是壯美的大鷹，他所遇到的敵手卻是卑劣的蚊子、跳蚤、臭蟲和蒼蠅，這不是真正的對手，他的受罰顯得毫不悲壯，只是滑稽。

　　他們最終的結局也不同。同是造福人類的神，普羅米修斯成為英雄，他卻被人遺忘。人們並不知道他的故事，甚至不能知道他的姓名。

通過這「別一個竊火者」的遭遇，作者思考了先驅者的另類命運：死於暗室中，比當眾而死更寂寞；血肉餵蚊子、蒼蠅，遭遇的是卑瑣與無聊；最終被人遺忘。這是近乎無事的悲劇，這是真正的悲哀。

火的來源，希臘人以為是普洛美修斯①從天上偷來的，因此觸了大神宙斯之怒，將他鎖在高山上，命一隻大鷹天天來啄他的肉。

非洲的土人瓦仰安提族也已經用火，但並不是由希臘人傳授給他們的。他們另有一個竊火者。

這竊火者，人們不能知道他的姓名，或者早被忘卻了。他從天上偷了火來，傳給瓦仰安提族的祖先，因此觸了大神大拉斯之怒，這一段，是和希臘古傳相像的。但大拉斯的辦法卻兩樣了，並不是鎖他在山巔，卻祕密的將他鎖在暗黑的地窖子裏，不給一個人知道。派來的也不是大鷹，而是蚊子，跳蚤，臭蟲，一面吸他的血，一面使他皮膚腫起來。這時還有蠅子們，是最善於尋覓創傷的腳色，嗡嗡的叫，拚命的吸吮，一面又拉許多蠅糞在他的皮膚上，來證明他是怎樣地一個不乾淨的東西。

然而瓦仰安提族的人們，並不知道這一個故事。他們單知道火乃酋長的祖先所發明，給酋長作燒死異端和燒掉房屋之用的。

幸而現在交通發達了，非洲的蠅子也有些飛到中國來，我從牠們的嗡嗡營營聲中，聽出了這一點點。

七月八日

① 普洛美修斯，通譯普羅米修斯，希臘神話中的人物。

晨涼漫記

導讀

　　《晨涼漫記》最初發表於 1933 年 8 月 1 日《申報‧自由談》，後收入《准風月談》。作者在文中寫道：「我後來想到可以擇歷來極其特別，而其實是代表着中國人性質之一種的人物，作一部中國的『人史』」。其實，《晨涼漫記》堪稱是作者擬想中的中國「人史」的一個片段。

　　本文以關於張獻忠的傳說為中心話題，認為張獻忠殺人並非「為殺人而殺人」，而是別有目的。作者分析了殺人者的病態心理，指出那些想做皇帝的人，一旦走到窮途末路的時候，就開始大肆殺人，這是因為「他分明的感到，天下已沒有自己的東西，現在是在毀壞別人的東西了，這和有些末代的風雅皇帝，在死前燒掉了祖宗或自己所搜集的書籍古董寶貝之類的心情，完全一樣」。

　　作者對於張獻忠殺人如草的心理分析，隱含着現實批判。當時國民黨奉行反革命屠殺政策，不正與垂死掙扎、窮凶極惡的張獻忠心心相印嗎？但作者並不止於單純地影射現實，而是上升到「中國人性質」的高度：「自己是完了，但要這樣的達到一同滅亡的末路。我們對於別人的或公共的東西，不是也不很愛惜的麼？」這是對中國國民劣根性的批判。最後，作者提出「古怪的倒是那些被殺的人們，怎麼會總是束手伸頸的等他殺」的問題，啟示人們奮起反抗以自救。

關於張獻忠的傳說，中國各處都有，可見是大家都很以他為奇特的，我先前也便是很以他為奇特的人們中的一個。

兒時見過一本書，叫作《無雙譜》，是清初人之作，取歷史上極特別無二的人物，各畫一像，一面題些詩，但壞人好像是沒有的。因此我後來想到可以擇歷來極其特別，而其實是代表着中國人性質之一種的人物，作一部中國的「人史」，如英國嘉勒爾的《英雄及英雄崇拜》，美國亞懋生的《偉人論》那樣。惟須好壞俱有，有齧雪苦節的蘇武，捨身求法的玄奘，有「鞠躬盡瘁，死而後已」的孔明，但也有呆信古法，「死而後已」的王莽，有半當真半取笑的變法的王安石；張獻忠當然也在內。但現在是毫沒有動筆的意思了。

《蜀碧》一類的書，記張獻忠殺人的事頗詳細，但也頗散漫，令人看去彷彿他是像「為藝術而藝術」的一樣，專在「為殺人而殺人」了。他其實是別有目的的。他開初並不很殺人，他何嘗不想做皇帝。後來知道李自成進了北京，接着是清兵入關，自己只剩了沒落這一條路，於是就開手殺，殺……他分明的感到，天下已沒有自己的東西，現在是在毀壞別人的東西了，這和有些末代的風雅皇帝，在死前燒掉了祖宗或自己所搜集的書籍古董寶貝之類的心情，完全一樣。他還有兵，而沒有古董之類，所以就殺，殺，殺人，殺……

但他還要維持兵，這實在不過是維持殺。他殺得沒有平民了，就派許多較為心腹的人到兵們中間去，設法竊聽，偶有怨言，即躍出執之，戮其全家（他的兵像是有家眷的，也許就是擄來的婦女）。以殺治兵，用兵來殺，自己是完了，

但要這樣的達到一同滅亡的末路。我們對於別人的或公共的東西，不是也不很愛惜的麼？

所以張獻忠的舉動，一看雖然似乎古怪，其實是極平常的。古怪的倒是那些被殺的人們，怎麼會總是束手伸頸的等他殺，一定要清朝的肅王來射死他，這才作為奴才而得救，而還說這是前定，就是所謂「吹簫不用竹，一箭貫當胸」。但我想，這豫言詩是後人造出來的，我們不知道那時的人們真是怎麼想。

七月二十八日

「揩 油」

◖ 導讀

　　《「揩油」》最初發表於 1933 年 8 月 17 日《申報・自由談》，後收入《准風月談》。本文的立論由一種常見的社會現象 —— 電車上的「揩油」而起：賣票人付錢而不給票，揩洋商的油；然而，如果三等客中偶缺一個銅元，他卻不肯通融，變成洋商的忠僕了。

　　作者並不限於就事論事，而是將「揩油」現象推而廣之，擴大了社會批判的範圍，揭露出巡捕、門丁、西崽（指在外國人店鋪或家中幫傭的中國男僕）之類，還有所謂「高等華人」，全都具有「揩油」者的兩面性：「他們大抵是憎惡洋鬼子的，他們多是愛國主義者。然而他們也像洋鬼子一樣，看不起中國人，棍棒和拳頭和輕蔑的眼光，專注在中國人的身上。」作者剖析了上海洋場上種種「揩油」的表現，一針見血地指出：「『揩油』，是說明着奴才的品行全部的。」

　　「揩油」現象，在社會生活中隨處可見。這是一種利己而不損人的行為：得一點微乎其微的好處，開一點無傷大雅的玩笑，人們已經對此見怪不怪，習以為常了。作者獨具慧眼，從「揩油」的生活中，提煉出一種奴才的品行，將全文的主旨上升到中國國民性批判的高度。作者展望「揩油」的前景：「這手段將更加

展開，這品格將變成高尚，這行為將認為正當，這將算是國民的本領，和對於帝國主義的復仇。」這是反語，是對國民性的深刻批判。

「揩油」，是說明着奴才的品行全部的。

這不是「取回扣」或「取傭錢」，因為這是一種祕密；但也不是偷竊，因為在原則上，所取的實在是微乎其微。因此也不能說是「分肥」；至多，或者可以謂之「舞弊」罷。然而這又是光明正大的「舞弊」，因為所取的是豪家，富翁，闊人，洋商的東西，而且所取又不過一點點，恰如從油水汪汪的處所，揩了一下，於人無損，於揩者卻有益的，並且也不失為損富濟貧的正道。設法向婦女調笑幾句，或乘機摸一下，也謂之「揩油」，這雖然不及對於金錢的名正言順，但無大損於被揩者則一也。

表現得最分明的是電車上的賣票人。純熟之後，他一面留心着可揩的客人，一面留心着突來的查票，眼光都練得像老鼠和老鷹的混合物一樣。付錢而不給票，客人本該索取的，然而很難索取，也很少見有人索取，因為他所揩的是洋商的油 ①，同是中國人，當然有幫忙的義務，一索取，就變成幫助洋商了。這時候，不但賣票人要報你憎惡的眼光，連同車的客人也往往不免顯出以為你不識時務的臉色。

然而彼一時，此一時，如果三等客中有時偶缺一個銅元，你卻只好在目的地以前下車，這時他就不肯通融，變成洋商的忠僕了。

在上海，如果同巡捕，門丁，西崽之類閒談起來，他們大抵是憎惡洋鬼子的，他們多是愛國主義者。然而他們也像

① 當時上海租界內的電車分別由英商和法商投資的兩個公司經營。

洋鬼子一樣，看不起中國人，棍棒和拳頭和輕蔑的眼光，專注在中國人的身上。

「揩油」的生活有福了。這手段將更加展開，這品格將變成高尚，這行為將認為正當，這將算是國民的本領，和對於帝國主義的復仇。打開天窗說亮話，其實，所謂「高等華人」也者，也何嘗逃得出這模子。

但是，也如「吃白相飯」朋友那樣，賣票人是還有他的道德的。倘被查票人查出他收錢而不給票來了，他就默然認罰，決不說沒有收過錢，將罪案推到客人身上去。

八月十四日

爬和撞

◖ **導讀**

　　《爬和撞》最初發表於 1933 年 8 月 23 日《申報‧自由談》，後收入《准風月談》。1929 年 9 月，梁實秋在《新月》月刊發表《文學是有階級性的嗎？》一文，其中有這樣的話：「一個無產者假如他是有出息的，只消辛辛苦苦誠誠實實的工作一生，多少必定可以得到相當的資產。」魯迅的雜文《爬和撞》，就是因梁實秋的上述論調而起，提煉出幫閒文人為了維護統治者的「天下太平」，奉勸窮人和奴隸安分守己、循規蹈矩的麻痹術——「爬」。

　　本文首先揭示了「爬」的心理動因：「雖然爬得上的很少，然而個個以為這正是他自己。」接下來，作者通過形象化的描繪，呈現了「爬」的姿態各異：老實人「照着章程規規矩矩的爬，大都是爬不上去的」，聰明人在「爬」的過程中，發現了「推」：「把別人推開……爬上去了」。但是，因為「爬的人太多，爬得上的太少」，奴隸也會發生「跪着的革命」，想從地上「站起來」，這時統治者又發明了新的麻痹術——「撞」。當時國民黨政府發行「航空公路建設獎券」，頭等獎為五十萬元，正是鼓勵人們去「撞」的一例。

　　通過對兩個動作——「爬」和「撞」的分析，本文揭露了統治階級的麻痹術，同時批判了奴才思想和投機心理。

　　從前梁實秋教授曾經說過：窮人總是要爬，往上爬，爬到富翁的地位。不但窮人，奴隸也是要爬的，有了爬得上的機會，連奴隸也會覺得自己是神仙，天下自然太平了。

　　雖然爬得上的很少，然而個個以為這正是他自己。這樣自然都安分的去耕田，種地，揀大糞或是坐冷板凳，克勤克儉，背着苦惱的命運，和自然奮鬥着，拚命的爬，爬，爬。可是爬的人那麼多，而路只有一條，十分擁擠。老實的照着章程規規矩矩的爬，大都是爬不上去的。聰明人就會推，把別人推開，推倒，踏在腳底下，踹着他們的肩膀和頭頂，爬上去了。大多數人卻還只是爬，認定自己的冤家並不在上面，而只在旁邊——是那些一同在爬的人。他們大都忍耐着一切，兩腳兩手都着地，一步步的挨上去又擠下來，擠下來又挨上去，沒有休止的。

　　然而爬的人太多，爬得上的太少，失望也會漸漸的侵蝕善良的人心，至少，也會發生跪着的革命。於是爬之外，又發明了撞。

　　這是明知道你太辛苦了，想從地上站起來，所以在你的背後猛然的叫一聲：撞罷。一個個發麻的腿還在抖着，就撞過去。這比爬要輕鬆得多，手也不必用力，膝蓋也不必移動，只要橫着身子，晃一晃，就撞過去。撞得好就是五十萬元大洋[1]，妻，財，子，祿都有了。撞不好，至多不過跌一交，倒在地下。那又算得甚麼呢，——他原本是伏在地上

---

[1]　當時國民黨政府發行「航空公路建設獎券」，頭等獎為五十萬元。

的，他仍舊可以爬。何況有些人不過撞着玩罷了，根本就不怕跌交的。

爬是自古有之。例如從童生到狀元，從小癟三到康白度 [②]。撞卻似乎是近代的發明。要考據起來，恐怕只有古時候「小姐拋綵球」有點像給人撞的辦法。小姐的綵球將要拋下來的時候，——一個個想吃天鵝肉的男子漢仰着頭，張着嘴，饞涎拖得幾尺長……可惜，古人究竟呆笨，沒有要這些男子漢拿出幾個本錢來，否則，也一定可以收着幾萬萬的。

爬得上的機會越少，願意撞的人就越多，那些早已爬在上面的人們，就天天替你們製造撞的機會，叫你們化些小本錢，而豫約着你們名利雙收的神仙生活。所以撞得好的機會，雖然比爬得上的還要少得多，而大家都願意來試試的。這樣，爬了來撞，撞不着再爬……鞠躬盡瘁，死而後已。

八月十六日

②　康白度，英語 Comprador 的音譯，即買辦。

幫閒法發隱

導讀

　　《幫閒法發隱》最初發表於 1933 年 9 月 5 日《申報‧自由談》，後收入《准風月談》。「發隱」是揭示隱祕，《幫閒法發隱》主要揭露幫閒文人的隱祕，揭示他們祕而不宣的幫閒大法：插科打諢。

　　「打諢」本是指戲曲演出時，演員（多是丑角）即興説些可笑的話逗樂。本文借用戲曲中丑角的打諢，比喻幫閒文人們「在血案中而沒有血跡，也沒有血腥氣」的幫閒法 —— 幫閒文人是常以丑角身份出現，運用「打諢」妙法的。

　　本文由丹麥哲學家克爾凱郭爾的一段貌似「有趣」，實則「悲憤」的話開篇，自然而然地引出全篇的主題 —— 對幫閒們伎倆的揭示。在天下大亂，殺人行兇的場合，幫閒們的打諢，能將殺人這件要緊事，由嚴肅變為滑稽，由可慘變成可笑，以此冷卻人們的熱情；同時使認真的告警者在大家的眼裏化為丑角，以此減少告警者話語的力量。這時候的「幫閒」，其實正是「幫兇」。在太平盛世，幫閒們的打諢，是收羅廢料，裝進讀者的腦子裏。這時候，他們是正宗的「幫閒」。

　　至此，作者已經揭示出幫閒法的本質：「幫閒，在忙的時候就是幫忙，倘若主子忙於行兇作惡，那自然也就是幫兇。」幫閒文人集「幫閒」、「幫忙」和「幫兇」於一身，「幫閒」、「幫忙」和「幫兇」原是三位一體。

吉開迦爾[1]是丹麥的憂鬱的人，他的作品，總是帶着悲憤。不過其中也有很有趣味的，我看見了這樣的幾句——

　　「戲場裏失了火。丑角站在戲台前，來通知了看客。大家以為這是丑角的笑話，喝采[2]了。丑角又通知說是火災。但大家越加哄笑，喝采了。我想，人世是要完結在當作笑話的開心的人們的大家歡迎之中的罷。」

　　不過我的所以覺得有趣的，並不專在本文，是在由此想到了幫閒們的伎倆。幫閒，在忙的時候就是幫忙，倘若主子忙於行兇作惡，那自然也就是幫兇。但他的幫法，是在血案中而沒有血跡，也沒有血腥氣的。

　　譬如罷，有一件事，是要緊的，大家原也覺得要緊，他就以丑角身份而出現了，將這件事變為滑稽，或者特別張揚了不關緊要之點，將人們的注意拉開去，這就是所謂「打諢」。如果是殺人，他就來講當場的情形，偵探的努力；死的是女人呢，那就更好了，名之曰「豔屍」，或介紹她的日記。如果是暗殺，他就來講死者的生前的故事，戀愛呀，遺聞呀……人們的熱情原不是永不弛緩的，但加上些冷水，或者美其名曰清茶，自然就冷得更加迅速了，而這位打諢的腳色，卻變成了文學者。

　　假如有一個人，認真的在告警，於兇手當然是有害的，只要大家還沒有僵死。但這時他就又以丑角身份而出現了，

①　吉開迦爾（1813—1855），通譯克爾凱郭爾，丹麥宗教哲學心理學家、詩人。

②　喝采，同「喝彩」。

仍用打諢，從旁裝着鬼臉，使告警者在大家的眼裏也化為丑角，使他的警告在大家的耳邊都化為笑話。聳肩裝窮，以表現對方之闊，卑躬歉氣，以暗示對方之傲；使大家心裏想：這告警者原來都是虛偽的。幸而幫閒們還多是男人，否則它簡直會説告警者曾經怎樣調戲它，當眾羅列淫辭，然後作自殺以明恥之狀也説不定。周圍搗着鬼，無論如何嚴肅的説法也要減少力量的，而不利於兇手的事情卻就在這疑心和笑聲中完結了。它呢？這回它倒是道德家。

當沒有這樣的事件時，那就七日一報，十日一談，收羅廢料，裝進讀者的腦子裏去，看過一年半載，就滿腦都是某闊人如何摸牌，某明星如何打嚏的典故。開心是自然也開心的。但是，人世卻也要完結在這些歡迎開心的開心的人們之中的罷。

八月二十八日

打聽印象

◖ 導讀

　　《打聽印象》最初發表於 1933 年 9 月 24 日《申報·自由談》，後收入《准風月談》。本文從有些中國人喜歡向訪華的外國人打聽對於中國的印象談起，分別引用了羅素、蕭伯納和卡爾親王對於中國人「打聽印象」的回答，指出這種「打聽印象」的新脾氣「就恰如求籤問卜，自己心裏先自狐疑着了的緣故」。其實，中國怎樣，中國人自己最清楚。與其打聽外國的名人或闊人的「印象」，不如發表自己對於中國問題的「意見」。

　　接下來，作者筆鋒一轉，穿插引用羅素和蕭伯納的話，深刻地揭示了中國人表達意見之難：「小百姓」無拳無勇，未曾「殺死十萬條人命」，他們的意見無人尊重，也就和大家「不相干」；「大人物」有位有勢，卻一聲不響。作者以新潮社主要成員原先「急進」，後來依附國民黨的巨大變化為例，說明當年憤憤然的「急進」青年，「發跡」後就成為統治階級的忠實奴僕，而他們之所以對於黑暗現狀三緘其口，是因為統治者「待我這麼好，就是要說壞話，也不好說了。」

　　面對黑暗現實，「小百姓」表達意見，但無濟於事；「大人物」粉飾太平，沉默不語。通過「打聽印象」，作者既揭露了黑暗中國的現狀，也批判了文人學者們「一闊臉就變」的幫閒嘴臉。

　　五四運動以後，好像中國人就發生了一種新脾氣，是：倘有外國的名人或闊人新到，就喜歡打聽他對於中國的印象。

　　羅素到中國講學，急進的青年們開會歡宴，打聽印象。羅素道：「你們待我這麼好，就是要說壞話，也不好說了。」急進的青年憤憤然，以為他滑頭。

　　蕭伯納周遊過中國，上海的記者羣集訪問，又打聽印象。蕭道：「我有甚麼意見，與你們都不相干。假如我是個武人，殺死個十萬條人命，你們才會尊重我的意見。」革命家和非革命家都憤憤然，以為他刻薄。

　　這回是瑞典的卡爾親王到上海了，記者先生也發表了他的印象：「……足跡所經，均蒙當地官民殷勤招待，感激之餘，異常愉快。今次遊覽觀感所得，對於貴國政府及國民，有極度良好之印象，而永遠不能磨滅者也。」這最穩妥，我想，是不至於招出甚麼是非來的。

　　其實是，羅蕭兩位，也還不算滑頭和刻薄的，假如有這麼一個外國人，遇見有人問他印象時，他先反問道：「你先生對於自己中國的印象怎麼樣？」那可真是一篇難以下筆的文章。

　　我們是生長在中國的，倘有所感，自然不能算「印象」；但意見也好；而意見又怎麼說呢？說我們像渾水裏的魚，活得胡裏胡塗，莫名其妙罷，不像意見。說中國好得很罷，恐怕也難。這就是愛國者所悲痛的所謂「失掉了國民的自信」，然而實在也好像失掉了，向各人打聽印象，就恰如求籤問卜，自己心裏先自狐疑着了的緣故。

我們裏面，發表意見的固然也有的，但常見的是無拳無勇，未曾「殺死十萬條人命」，倒是自稱「小百姓」的人，所以那意見也無人「尊重」，也就是和大家「不相干」。至於有位有勢的大人物，則在野時候，也許是很急進的罷，但現在呢，一聲不響，中國「待我這麼好，就是要説壞話，也不好説了」。看當時歡宴羅素，而憤憤於他那答話的由新潮社而發跡的諸公的現在，實在令人覺得羅素並非滑頭，倒是一個先知的諷刺家，將十年後的心思豫先説去了。

　　這是我的印象，也算一篇擬答案，是從外國人的嘴上抄來的。

　　　　　　　　　　　　　　　　　　　　　　九月二十日

北人與南人

▌導讀

　　《北人與南人》最初發表於 1934 年 2 月 4 日《申報·自由談》，後收入《花邊文學》。俗話説：「一方水土養一方人」，不同的山川地貌，造就不同的風俗民情，滋養不同的人物性情。北方與南方，地理不同；北人與南人，神情迴異。魯迅的《北人與南人》，由「京派」與「海派」的議論而起，深刻地闡述了北人與南人關係的歷史與現狀。

　　首先，本文追溯北人與南人關係的歷史，指出「北人的卑視南人，已經是一種傳統」，其原因在於「南人在北人的眼裏，也是被征服者」。作者談古論今，旁徵博引，從西晉陸機、陸雲兄弟被北人輕薄，談到北魏羊衒之的《洛陽伽藍記》常常詆毀南人；從元朝將人民分為四等，南人等次最低，談到清朝重理舊賬，南人仍被卑視。

　　接着，本文以精煉的語言，概括出南人與北人各自的優缺點所在。作者指出「北人的優點是厚重，南人的優點是機靈」，但是「厚重之弊也愚，機靈之弊也狡」，缺點也隨之而生：北方人是「飽食終日，無所用心」；南方人是「羣居終日，言不及義」。

　　最後，作者提倡北人和南人取長補短，指出「這是中國人的一種小小的自新之路」。同時提醒北人與南人規避對方的缺點。因為「雙方的缺點一結婚，產生出來的一定是一種不祥的新劣種」。

這是看了「京派」與「海派」的議論之後，牽連想到的——

　　北人的卑視南人，已經是一種傳統。這也並非因為風俗習慣的不同，我想，那大原因，是在歷來的侵入者多從北方來，先征服中國之北部，又攜了北人南征，所以南人在北人的眼中，也是被征服者。

　　二陸①入晉，北方人士在歡欣之中，分明帶着輕薄，舉證太煩，姑且不談罷。容易看的是，羊衒之的《洛陽伽藍記》②中，就常詆南人，並不視為同類。至於元，則人民截然分為四等，一蒙古人，二色目人，三漢人即北人，第四等才是南人，因為他是最後投降的一夥。最後投降，從這邊說，是矢盡援絕，這才罷戰的南方之強，從那邊說，卻是不識順逆，久梗王師的賊。子遺自然還是投降的，然而為奴隸的資格因此就最淺，因為淺，所以班次就最下，誰都不妨加以卑視了。到清朝，又重理了這一篇賬，至今還流衍着餘波；如果此後的歷史是不再回旋的，那真不獨是南人的如天之福。

　　當然，南人是有缺點的。權貴南遷，就帶了腐敗頹廢的風氣來，北方倒反而乾淨。性情也不同，有缺點，也有特長，正如北人的兼具二者一樣。據我所見，北人的優點是厚重，南人的優點是機靈。但厚重之弊也愚，機靈之弊也狡，

---

①　二陸，指陸機、陸雲兄弟。他們是三國吳名將陸遜之孫。吳亡後入晉都洛陽，受晉大臣的輕蔑。

②　羊衒之亦作楊玄之，北魏人，《洛陽伽藍記》是一部集歷史、地理、佛教、文學於一身的名著。伽藍，即寺廟。

所以某先生曾經指出缺點道：北方人是「飽食終日，無所用心」；南方人是「羣居終日，言不及義」[3]。就有閒階級而言，我以為大體是的確的。

缺點可以改正，優點可以相師。相書上有一條說，北人南相，南人北相者貴。我看這並不是妄語。北人南相者，是厚重而又機靈，南人北相者，不消說是機靈而又能厚重。昔人之所謂「貴」，不過是當時的成功，在現在，那就是做成有益的事業了。這是中國人的一種小小的自新之路。

不過做文章的是南人多，北方卻受了影響。北京的報紙上，油嘴滑舌，吞吞吐吐，顧影自憐的文字不是比六七年前多了嗎？這倘和北方固有的「貧嘴」一結婚，產生出來的一定是一種不祥的新劣種！

　　　　　　　　　　　　　　　　　　　　一月三十日

---

③　引語見於清朝學者顧炎武《日知錄》卷十三《南北學者之病》。

朋友

◖ 導讀

　　《朋友》最初發表於 1934 年 5 月 1 日《申報・自由談》，後收入《花邊文學》。本文開篇，按照時間順序，寫出「我」觀看各種「變戲法」的情形：小學時候，看小戲法；上了中學，看大戲法；到了上海，看電影。這三種消遣無聊的「戲法」，曾經讓「我」看得興致勃勃，直到有人揭穿了其中的祕密，「戲法」從此變得索然無味。

　　這裏，從看戲法者的心理入手，作者有了一個悲涼的發現：「暴露者揭發種種隱祕，自以為有益於人們，然而無聊的人，為消遣無聊計，是甘於受欺，並且安於自欺的，否則就更無聊賴。」這是一種深入骨髓的批判，其鋒芒直接指向看戲法者，正因為這些無聊的人們自甘受欺：「所以使戲法長存於天地之間，也所以使暴露幽暗不但為欺人者所深惡，亦且為被欺者所深惡。」對於被欺者，作者的態度始終是「哀其不幸，怒其不爭」。

　　最終，因為「暴露者只在有為的人們中有益，在無聊的人們中便要滅亡」，這些明白戲法底細者選擇了自救之道：「雖知一切隱祕，卻不動聲色，幫同欺人」，他成為變戲法者的「朋友」了。

　　顯然，本文中的「變戲法」只是一種比喻，魯迅一向把官僚政客、軍閥和幫閒文人用來欺世盜名的種種伎倆，稱為「變戲法」。

　　我在小學的時候，看同學們變小戲法，「耳中聽字」呀，「紙人出血」呀，很以為有趣。廟會時就有傳授這些戲法的人，幾枚銅元一件，學得來時，倒從此索然無味了。進中學是在城裏，於是興致勃勃的看大戲法，但後來有人告訴了我戲法的祕密，我就不再高興走近圈子的旁邊。去年到上海來，才又得到消遣無聊的處所，那便是看電影。

　　但不久就在書上看到一點電影片子的製造法，知道了看去好像千丈懸崖者，其實離地不過幾尺，奇禽怪獸，無非是紙做的。這使我從此不很覺得電影的神奇，倒往往只留心它的破綻，自己也無聊起來，第三回失掉了消遣無聊的處所。有時候，還自悔去看那一本書，甚至於恨到那作者不該寫出製造法來了。

　　暴露者揭發種種隱祕，自以為有益於人們，然而無聊的人，為消遣無聊計，是甘於受欺，並且安於自欺的，否則就更無聊賴。因為這，所以使戲法長存於天地之間，也所以使暴露幽暗不但為欺人者所深惡，亦且為被欺者所深惡。

　　暴露者只在有為的人們中有益，在無聊的人們中便要滅亡。自救之道，只在雖知一切隱祕，卻不動聲色，幫同欺人，欺那自甘受欺的無聊的人們，任它無聊的戲法一套一套的，終於反反覆覆的變下去。周圍是總有這些人會看的。

　　變戲法的時時拱手道：「……出家靠朋友！」有幾分就是對着明白戲法的底細者而發的，為的是要他不來戳穿西洋鏡。

「朋友，以義合者也」[①]，但我們向來常常不作如此解。

四月二十二日

① 語出《論語》朱熹註。

清明時節

◖ 導讀

　　《清明時節》最初發表於 1934 年 5 月 24 日《中華日報·動向》，後收入《花邊文學》。1934 年清明節，日本帝國主義所扶持的「偽滿洲國」傀儡皇帝溥儀，要求在清明節入關祭掃清朝皇帝的墳墓。與此同時，國民黨政府考試院院長戴季陶率領大批文武官僚到陝西咸陽、興平，祭掃周文王、漢武帝等陵墓，當時媒體大肆宣揚此次掃墓「民眾參觀者人山人海，道為之塞……誠可說是民族掃墓也。」針對這些發生在清明時節的醜劇，魯迅寫了《清明時節》一文，對其中隱含的「掃墓救國術」，予以深刻的揭露和諷刺。

　　本文圍繞掃墓、掘墳與盜墓，涉及諸多歷史掌故與民間傳說，作者旁徵博引，從元朝國師將人骨與豬狗骨同埋，談到曹操生前設立專門的盜墓職員，死後造了七十二疑塚……通過徵引史實，考證傳說，以嚴密的邏輯，論證了古代盜墓、造假墓盛行的情況，揭露「掃墓救國說」的荒唐可笑：「如果掃墓的確可以救國，那麼，掃就要掃得真確，要掃文武周公的陵，不要掃着別人的土包子，還得查考自己是否周朝的子孫……但是，這又和掃墓救國說相反，很傷孝子順孫的心了。不得已，就只好閉了眼睛，硬着頭皮，亂拜一陣。」

清明時節，是掃墓的時節，有的要進關內來祭祖，有的是到陝西去上墳 ①，或則激論沸天，或則歡聲動地，真好像上墳可以亡國，也可以救國似的。

墳有這麼大關係，那麼，掘墳當然是要不得的了 ②。

元朝的國師八合思巴 ③ 罷，他就深相信掘墳的利害。他掘開宋陵，要把人骨和豬狗骨同埋在一起，以使宋室倒楣。後來幸而給一位義士盜走了，沒有達到目的，然而宋朝還是亡。曹操設了「摸金校尉」之類的職員，專門盜墓，他的兒子卻做了皇帝，自己竟被諡為「武帝」，好不威風。這樣看來，死人的安危，和生人的禍福，又彷彿沒有關係似的。

相傳曹操怕死後被人掘墳，造了七十二疑塚，令人無從下手。於是後之詩人曰：「遍掘七十二疑塚，必有一塚葬君屍。」於是後之論者又曰：阿瞞老奸巨猾，安知其屍實不在此七十二塚之內乎。真是沒有法子想。

阿瞞雖是老奸巨猾，我想，疑塚之流倒未必安排的，不過古來的塚墓，卻大約被發掘者居多，塚中人的主名，的確者也很少，洛陽邙山，清末掘墓者極多，雖在名公巨卿的墓中，所得也大抵是一塊誌石和凌亂的陶器，大約並非原沒有貴重的殉葬品，乃是早經有人掘過，拿走了，甚麼時候呢，無從知道。總之是葬後以至清末的偷掘那一天之間罷。

---

① 指「偽滿洲國」皇帝溥儀要求在清明節入關祭掃清朝皇帝陵墓，戴季陶等國民黨軍政要人祭掃周文王、漢武帝等陵墓的事件。
② 戴季陶曾以「培植民德」為由，反對學術界發掘古墓。
③ 八合思巴，通譯八思巴，元朝學者，後被封為國師。

名家散文必讀・魯迅

至於墓中人究竟是甚麼人，非掘後往往不知道。即使有相傳的主名的，也大抵靠不住。中國人一向喜歡造些和大人物相關的名勝，石門有「子路止宿處」，泰山上有「孔子小天下處」；一個小山洞，是埋着大禹，幾堆大土堆，便葬着文武和周公。

如果掃墓的確可以救國，那麼，掃就要掃得真確，要掃文武周公的陵，不要掃着別人的土包子，還得查考自己是否周朝的子孫。於是乎要有考古的工作，就是掘開墳來，看看有無葬着文王、武王、周公旦的證據，如果有遺骨，還可照《洗冤錄》的方法來滴血。但是，這又和掃墓救國說相反，很傷孝子順孫的心了。不得已，就只好閉了眼睛，硬着頭皮，亂拜一陣。

「非其鬼而祭之，諂也！」單是掃墓救國術沒有靈驗，還不過是一個小笑話而已。

四月二十六日

偶　感

◖ 導讀

　　《偶感》最初發表於 1934 年 5 月 25 日《申報·自由談》，後收入《花邊文學》。1934 年，上海出現了一種迷信扶乩活動——「碟仙」，扶乩者以「香港科學遊藝社」的名義，製造發售「科學靈乩圖」，圖上印有「留德白同經多年研究所發明，純用科學方法構就，絲毫不帶迷信作用」等字句。

　　魯迅的《偶感》，即是針對這種以「科學」之名，行迷信之實的社會病象而作。作者一針見血地指出，「『科學救國』已經叫了近十年，誰都知道這是很對的，並非『跳舞救國』『拜佛救國』之比」，不料又有人用「科學」來「證明了扶乩的合理」。

　　本文的批判由「碟仙」而起，但並不限於就事論事，而是引申發揮，自由聯想，對於中國社會各種假借「科學」之名的黑暗現象進行了全面批判，作者列舉了種種社會病態：「風水，是合於地理學的，門閥，是合於優生學的，煉丹，是合於化學的，放風箏，是合於衛生學的。」於是，作者有了痛徹心扉的發現：「每一新制度，新學術，新名詞，傳入中國，便如落在黑色染缸，立刻烏黑一團，化為濟私助焰之具，科學，亦不過其一而已。」至此，作者已將「現實批判」，上升到了「文明批判」的層面。

　　還記得東三省淪亡，上海打仗的時候，在只聞炮聲，不愁炮彈的馬路上，處處賣着《推背圖》[1]，這可見人們早想歸失敗之故於前定了。三年以後，華北華南，同瀕危急，而上海卻出現了「碟仙」。前者所關心的還是國運，後者卻只在問試題，獎券，亡魂。着眼的大小，固已迥不相同，而名目則更加冠冕，因為這「靈乩」是中國的「留德學生白同君所發明」，合於「科學」的。

　　「科學救國」已經叫了近十年，誰都知道這是很對的，並非「跳舞救國」「拜佛救國」之比。青年出國去學科學者有之，博士學了科學回國者有之。不料中國究竟自有其文明，與日本是兩樣的，科學不但並不足以補中國文化之不足，卻更加證明了中國文化之高深。風水，是合於地理學的，門閥，是合於優生學的，煉丹，是合於化學的，放風箏，是合於衛生學的。「靈乩」的合於「科學」，亦不過其一而已。

　　五四時代，陳大齊先生曾作論揭發過扶乩的騙人，隔了十六年，白同先生卻用碟子證明了扶乩的合理，這真叫人從那裏說起。

　　而且科學不但更加證明了中國文化的高深，還幫助了中國文化的光大。馬將桌邊，電燈替代了蠟燭，法會壇上，鎂光照出了喇嘛，無線電播音所日日傳播的，不往往是《狸貓換太子》、《玉堂春》、《謝謝毛毛雨》嗎？

---

① 《推背圖》，相傳是唐朝貞觀年間兩位預言大師李淳風和袁天罡對唐朝及以後朝代重要事件的預測。

老子曰：「為之斗斛以量之，則並與斗斛而竊之。」^②
羅蘭夫人^③曰：「自由自由，多少罪惡，假汝之名以行！」每一新制度，新學術，新名詞，傳入中國，便如落在黑色染缸，立刻烏黑一團，化為濟私助焰之具，科學，亦不過其一而已。

此弊不去，中國是無藥可救的。

五月二十日

② 此句知出自《莊子·胠篋》，魯迅說是老子，恐記憶有誤。

③ 羅蘭夫人（1754—1793），法國大革命時期著名的政治家，吉倫特黨領導人之一。自晚清以來，羅蘭夫人的事跡在中國影響很大，很多青年人都把她當作偶像。

臉 譜 臆 測

◖ 導讀

　　《臉譜臆測》作於 1934 年 10 月 31 日，收入《且介亭雜文》。1934 年 10 月 28 日，《中華日報》副刊《戲》週刊發表伯鴻（田漢筆名）的《蘇聯為甚麼邀梅蘭芳去演戲（上）》一文，文中談到中國戲劇的臉譜，認為白表「奸詐」，紅表「忠勇」，黑表「威猛」之類，是採用了象徵手法。魯迅作《臉譜臆測》，即是針對田漢此文，發表對於「中國戲是否象徵主義，或中國戲裏有無象徵手法」問題的意見。

　　本文是一篇討論中國戲劇臉譜問題的學術文章。作者縱覽古今，徵引文獻，從南北朝扮演故事時帶假面的情形，談到中國古代的「相人術」，又談到古時候戲台的搭法，作者以淵博的學識，生動地論證了：臉譜中的「白表奸詐」之類，並非象徵手法，而是人物的分類，是「優伶和看客公同逐漸議定的分類圖」。

　　本文依然表現了魯迅一以貫之的強烈的現實關懷。在分析「紅表忠勇」時，作者寫道：「在實際上，忠勇的人思想較為簡單，不會神經衰弱，面皮也容易發紅，倘使他要永遠中立，自稱『第三種人』，精神上就不免時時痛苦，臉上一塊青，一塊白，終於顯出白鼻子來了。」這裏作者順帶一筆，諷刺了號稱中立的「第三種人」。因此之故，本文原擬刊載《生生月刊》，後被國民黨檢察官抽去：「奉官諭：不准發表。」

對於戲劇，我完全是外行。但遇到研究中國戲劇的文章，有時也看一看。近來的中國戲是否象徵主義，或中國戲裏有無象徵手法的問題，我是覺得很有趣味的。

伯鴻先生在《戲》週刊十一期（《中華日報》副刊）上[1]，說起臉譜，承認了中國戲有時用象徵的手法，「比如白表『奸詐』，紅表『忠勇』，黑表『威猛』，藍表『妖異』，金表『神靈』之類，實與西洋的白表『純潔清淨』，黑表『悲哀』，紅表『熱烈』，黃金色表『光榮』和『努力』」並無不同，這就是「色的象徵」，雖然比較的單純，低級。

這似乎也很不錯，但再一想，卻又生了疑問，因為白表奸詐，紅表忠勇之類，是只以在臉上為限，一到別的地方，白就並不象徵奸詐，紅也不表示忠勇了。

對於中國戲劇史，我又是完全的外行。我只知道古時候（南北朝）的扮演故事，是帶假面的，這假面上，大約一定得表示出這角色的特徵，一面也是這角色的臉相的規定。古代的假面和現在的打臉的關係，好像還沒有人研究過，假使有些關係，那麼，「白表奸詐」之類，就恐怕只是人物的分類，卻並非象徵手法了。

中國古來就喜歡講「相人術」，但自然和現在的「相面」不同，並非從氣色上看出禍福來，而是所謂「誠於中，必形於外」，要從臉相上辨別這人的好壞的方法。一般的人

---

① 指 1934 年 10 月 28 日《戲》週刊第十一期刊載的《蘇聯為甚麼邀梅蘭芳去演戲（上）》一文。

們，也有這一種意見的，我們在現在，還常聽到「看他樣子就不是好人」這一類話。這「樣子」的具體的表現，就是戲劇上的「臉譜」。富貴人全無心肝，只知道自私自利，吃得白白胖胖，甚麼都做得出，於是白就表了奸詐。紅表忠勇，是從關雲長的「面如重棗」來的。「重棗」是怎樣的棗子，我不知道，要之，總是紅色的罷。在實際上，忠勇的人思想較為簡單，不會神經衰弱，面皮也容易發紅，倘使他要永遠中立，自稱「第三種人」[2]，精神上就不免時時痛苦，臉上一塊青，一塊白，終於顯出白鼻子來了。黑表威猛，更是極平常的事，整年在戰場上馳驅，臉孔怎會不黑，擦着雪花膏的公子，是一定不肯自己出面去戰鬥的。

士君子常在一門一門的將人們分類，平民也在分類，我想，這「臉譜」，便是優伶和看客公同逐漸議定的分類圖。不過平民的辨別，感受的力量，是沒有士君子那麼細膩的。況且我們古時候戲台的搭法，又和羅馬不同，使看客非常散漫，表現倘不加重，他們就覺不到，看不清。這麼一來，各類人物的臉譜，就不能不誇大化，漫畫化，甚而至於到得後來，弄得希奇[3]古怪，和實際離得很遠，好像象徵手法了。

臉譜，當然自有它本身的意義的，但我總覺得並非象徵手法，而且在舞台的構造和看客的程度和古代不同的時候，

---

[2]　1933 年 7 月，蘇汶在《現代》月刊發表文章，自稱居於反動文藝和左翼文藝之間的「第三種人」，但又不斷地攻擊左翼文藝運動。魯迅在 1934 年 4 月 11 日致增田涉信中說他們「自稱超黨派，其實是右派」。

[3]　希奇，同「稀奇」。

它更不過是一種贅疣，無須扶持它的存在了。然而用在別一種有意義的玩藝上，在現在，我卻以為還是很有興趣的。

十月三十一日

隱　士

導讀

　　《隱士》最初發表於 1935 年 2 月 20 日上海《太白》半月刊第一卷第十一期，後收入《且介亭雜文二集》。本文有強烈的現實針對性。1934 年，林語堂創辦《人間世》半月刊，強調該刊內容「包括一切，宇宙之大，蒼蠅之微，皆可取材」，大肆提倡「以閒適為格調」的小品文。《人間世》經常刊登反映悠閒生活情趣的吸煙品茗一類文字。在創刊號上，周作人發表宣揚「隱士風度」的「五十自壽詩」後，文人學者群起附和，競相吹擂；錢天起在《隱士》一文中肉麻地吹捧周作人「隱於文采風流」，林語堂「隱於幽默」，都是「艱巨的事業」。

　　在《隱士》中，作者旁徵博引，談古論今，從「翩然一隻雲中鶴，飛去飛來宰相衙」的陳眉公，談到赫赫有名的大隱，「略略有些生財之道」的淵明先生，最後談到「謀隱謀官兩無成」的落魄詩人左偓，為我們勾勒了一副「古今隱士臉譜圖」。作者一語道破「隱」的玄機：「肩出『隱士』的招牌來，掛在『城市山林』裏，這正是所謂『隱』，也就是嗷飯之道。」作者批判的鋒芒直指長期提倡悠閒生活情趣的文人：「讚頌悠閒，鼓吹煙茗，卻又是掙扎之一種，不過掙扎得隱藏一些。雖『隱』，也仍然要嗷飯，所以招牌還是要油漆，要保護的。」

　　隱士，歷來算是一個美名，但有時也當作一個笑柄。最顯著的，則有刺陳眉公的「翩然一隻雲中鶴，飛去飛來宰相衙」的詩[①]，至今也還有人提及。我以為這是一種誤解。因為一方面，是「自視太高」，於是別方面也就「求之太高」，彼此「忘其所以」，不能「心照」，而又不能「不宣」，從此口舌也多起來了。

　　非隱士的心目中的隱士，是聲聞不彰，息影山林的人物。但這種人物，世間是不會知道的。一到掛上隱士的招牌，則即使他並不「飛去飛來」，也一定難免有些表白，張揚；或是他的幫閒們的開鑼喝道——隱士家裏也會有幫閒，說起來似乎不近情理，但一到招牌可以換飯的時候，那是立刻就有幫閒的，這叫作「啃招牌邊」。這一點，也頗為非隱士的人們所詬病，以為隱士身上而有油可揩，則隱士之闊綽可想了。其實這也是一種「求之太高」的誤解，和硬要有名的隱士，老死山林中者相同。凡是有名的隱士，他總是已經有了「悠哉遊哉，聊以卒歲」的幸福的。倘不然，朝砍柴，晝耕田，晚澆菜，夜織屨，又那有吸煙品茗，吟詩作文的閒暇？陶淵明先生是我們中國赫赫有名的大隱，一名「田園詩人」，自然，他並不辦期刊，也趕不上吃「庚款」，然而他有奴子。漢晉時候的奴子，是不但侍候主人，並且給主

----

① 這是清代蔣士銓戲劇《臨川夢》中《隱奸》一齣出場詩中的句子，曾被認為是諷刺書畫家陳眉公（繼儒）的。陳繼儒（1558—1639），明代文人，書畫家，曾隱居小崑山，得了隱士之名，卻又經常周旋於官紳間，為一些人所詬病。

人種地，營商的，正是生財器具。所以雖是淵明先生，也還略略有些生財之道在，要不然，他老人家不但沒有酒喝，而且沒有飯吃，早已在東籬旁邊餓死了。

　　所以我們倘要看看隱君子風，實際上也只能看看這樣的隱君子，真的「隱君子」是沒法看到的。古今著作，足以汗牛而充棟，但我們可能找出樵夫漁父的著作來？他們的著作是砍柴和打魚。至於那些文士詩翁，自稱甚麼釣徒樵子的，倒大抵是悠遊自得的封翁或公子，何嘗捏過釣竿或斧頭柄。要在他們身上賞鑒隱逸氣，我敢說，這只能怪自己胡塗。

　　登仕，是噉[2]飯之道，歸隱，也是噉飯之道。假使無法噉飯，那就連「隱」也隱不成了。「飛去飛來」，正是因為要「隱」，也就是因為要噉飯；肩出「隱士」的招牌來，掛在「城市山林」裏，這就正是所謂「隱」，也就是噉飯之道。幫閒們或開鑼，或喝道，那是因為自己還不配「隱」，所以只好揩一點「隱」油，其實也還不外乎噉飯之道。漢唐以來，實際上是入仕並不算鄙，隱居也不算高，而且也不算窮，必須欲「隱」而不得，這才看作士人的末路。唐末有一位詩人左偃，自述他悲慘的境遇道：「謀隱謀官兩無成」，是用七個字道破了所謂「隱」的祕密的。

　　「謀隱」無成，才是淪落，可見「隱」總和享福有些相關，至少是不必十分掙扎謀生，頗有悠閒的餘裕。但讚頌悠閒，鼓吹煙茗，卻又是掙扎之一種，不過掙扎得隱藏一些。

　　② 噉（dàn），啖的異體字，吃的意思。

雖「隱」，也仍然要嗷飯，所以招牌還是要油漆，要保護的。泰山崩，黃河溢，隱士們目無見，耳無聞，但苟有議及自己們或他的一伙的，則雖千里之外，半句之微，他便耳聰目明，奮袂而起，好像事件之大，遠勝於宇宙之滅亡者，也就為了這緣故。其實連和蒼蠅也何嘗有甚麼相關。③

明白這一點，對於所謂「隱士」也就毫不詫異了，心照不宣，彼此都省事。

一月二十五日

---

③　林語堂等人長期提倡悠閒的生活情趣，在他所辦的《人間世》、《論語》等刊物上提倡「以閒適為格調」，經常登載談煙說茗一類文字。《人間世》的《發刊詞》稱，該刊內容「包括一切，宇宙之大，蒼蠅之微，皆可取材」。

漫談「漫畫」

導讀

　　《漫談「漫畫」》作於 1935 年 2 月 28 日，最初印入 1935 年 3 月生活書店出版的《小品文和漫畫》一書，後收入《且介亭雜文二集》。本文用漫談的閒適筆調，發表對於漫畫問題的意見。行文結構上，保持了一種興之所至的隨意性，顯示出從容不迫的風姿：作者從孩子們吵架時寫在牆壁上的咒罵開始，談到住家恨人小解，在牆上畫一個烏龜，由這些牆上的「話」和「畫」，開始談論「漫畫」：「漫畫的第一件緊要事是誠實，要確切的顯示了事件或人物的姿態，也就是精神」。

　　在漫畫的內容上，作者主張「發芽於誠實的心」。魯迅曾說：「諷刺的生命是真實」，強調漫畫的「誠實」，本文的漫畫觀，與他的文學觀一脈相承。在漫畫的手法上，作者指出「最普遍的方法是『誇張』，但又不是胡鬧」，並始終強調「漫畫雖然有誇張，卻還是要誠實。」關於漫畫的「誇張」，作者特別指出「廓大一個事件或人物的特點固然使漫畫容易顯出效果來，但廓大了並非特點之處卻更容易顯出效果。」

　　在談論漫畫問題時，作者時時流露現實關懷。感慨漫畫「在中國的過去的繪畫裏很少見」，那種「因為真實，所以也有力」的漫畫「在中國是很難生存的」，寄託着作者對中國漫畫的歷史和現實的雙重批判。

孩子們吵架，有一個用木炭 —— 上海是大抵用鉛筆了 —— 在牆壁上寫道：「小三子可乎之及及也，同同三千三百刀！」[1]這和政治之類是毫不相干的，然而不能算小品文。畫也一樣，住家的恨路人到對門來小解，就在牆上畫一個烏龜，題幾句話，也不能叫它作「漫畫」。為甚麼呢？就因為這和被畫者的形體或精神，是絕無關係的。

漫畫的第一件緊要事是誠實，要確切的顯示了事件或人物的姿態，也就是精神。

漫畫是 Karikatur[2] 的譯名，那「漫」，並不是中國舊日的文人學士之所謂「漫題」，「漫書」的「漫」。當然也可以不假思索，一揮而就的，但因為發芽於誠實的心，所以那結果也不會僅是嬉皮笑臉。這一種畫，在中國的過去的繪畫裏很少見，《百丑圖》或《三十六聲粉鐸圖》庶幾近之，可惜的是不過戲文裏的丑腳的摹寫；羅兩峯的《鬼趣圖》，當不得已時，或者也就算進去罷，但它又太離開了人間。

漫畫要使人一目了然，所以那最普通的方法是「誇張」，但又不是胡鬧。無緣無故的將所攻擊或暴露的對象畫作一頭驢，恰如拍馬家將所拍的對象做成一個神一樣，是毫沒有效果的，假如那對象其實並無驢氣息或神氣息。然而如果真有些驢氣息，那就糟了，從此之後，越看越像，比讀一本做得很厚的傳記還明白。關於事件的漫畫，也一樣的。所

---

① 意為「小三子可惡之極，捅他三千三百刀」。

② 德語，又譯「諷刺畫」。

以漫畫雖然有誇張，卻還是要誠實。「燕山雪花大如席」[③]，是誇張，但燕山究竟有雪花，就含着一點誠實在裏面，使我們立刻知道燕山原來有這麼冷。如果説「廣州雪花大如席」，那可就變成笑話了。

「誇張」這兩個字也許有些語病，那麼，説是「廓大」也可以的。廓大一個事件或人物的特點固然使漫畫容易顯出效果來，但廓大了並非特點之處卻更容易顯出效果。矮而胖的，瘦而長的，他本身就有漫畫相了，再給他禿頭，近視眼，畫得再矮而胖些，瘦而長些，總可以使讀者發笑。但一位白淨苗條的美人，就很不容易設法，有些漫畫家畫作一個髑髏或狐狸之類，卻不過是在報告自己的低能。有些漫畫家卻不用這呆法子，他用廓大鏡照了她露出的搽粉的臂膊，看出她皮膚的褶皺，看見了這些褶皺中間的粉和泥的黑白畫。這麼一來，漫畫稿子就成功了，然而這是真實，倘不信，大家或自己也用廓大鏡去照照去。於是她也只好承認這真實，倘要好，就用肥皂和毛刷去洗一通。

因為真實，所以也有力。但這種漫畫，在中國是很難生存的。我記得去年就有一位文學家説過，他最討厭論人用顯微鏡。

歐洲先前，也並不兩樣。漫畫雖然是暴露，譏刺，甚而至於是攻擊的，但因為讀者多是上等的雅人，所以漫畫家的筆鋒的所向，往往只在那些無拳無勇的無告者，用他們的

③　這是李白《北風行》的詩句。

可笑，襯出雅人們的完全和高尚來，以分得一枝雪茄的生意。像西班牙的戈雅 (Francisco de Goya)④ 和法國的陀密埃 (Honoré Daumier)⑤ 那樣的漫畫家，到底還是不可多得的。

二月二十八日

，

---

④ 戈雅（1746—1828），西方美術史上開拓浪漫主義藝術的先驅，喜歡畫諷刺宗教和影射政府的漫畫，受到大眾的喜愛。

⑤ 陀密埃，今通譯杜米埃，法國畫家，被認為是漫畫的始祖。

在現代中國的孔夫子

┃ 導讀

　　《在現代中國的孔夫子》原用日文寫作，原刊日本《改造》月刊 1935 年 6 月號。中譯文最初發表於 1935 年 7 月在日本東京出版的《雜文》月刊第二號，題為《孔夫子在現代中國》，後由作者據譯文改定，收入《且介亭雜文二集》。

　　關於本文的寫作目的，魯迅曾在致蕭軍的信中談及：「正在為日本雜誌做一篇文章，罵孔子的，因為他們正在尊孔。」20 世紀30 年代，日本帝國主義為了侵華的需要，大搞尊孔活動，鼓吹用「孔子之教」來建立「東亞新秩序」。1935 年 4 月，日本最大的孔廟「湯島聖堂」重建落成，國民黨軍閥何鍵為了向日獻媚，寄去了「向來珍藏」的孔子畫像。針對國內外反動派的這種尊孔行徑，魯迅寫了本文。

　　本文對「摩登聖人」孔子的階級本質進行了深刻的分析，揭露了權勢者「尊孔讀經」的真實目的，並論證了他們必然失敗的命運。作者犀利地指出，「孔夫子之在中國，是權勢者們捧起來的，是那些權勢者或想做權勢者們的聖人，和一般的民眾並無甚麼關係。」雖然「孔夫子曾經計劃過出色的治國的方法，但那都是為了治民眾者，即權勢者設想的方法，為民眾本身的，卻一點也沒有。」然而，反諷的是，孔子雖然總是當着權勢者的「敲門磚」的差使，「幸福之門」卻依然對誰也沒有開。

新近的上海的報紙，報告着因為日本的湯島，孔子的聖廟落成了，湖南省主席何鍵將軍就寄贈了一幅向來珍藏的孔子的畫像。老實説，中國的一般的人民，關於孔子是怎樣的相貌，倒幾乎是毫無所知的。自古以來，雖然每一縣一定有聖廟，即文廟，但那裏面大抵並沒有聖像。凡是繪畫，或者雕塑應該崇敬的人物時，一般是以大於常人為原則的，但一到最應崇敬的人物，例如孔夫子那樣的聖人，卻好像連形象也成為褻瀆，反不如沒有的好。這也不是沒有道理的。孔夫子沒有留下照相來，自然不能明白真正的相貌，文獻中雖然偶有記載，但是胡説白道也説不定。若是從新雕塑的話，則除了任憑雕塑者的空想而外，毫無辦法，更加放心不下。於是儒者們也終於只好採取「全部，或全無①」的勃蘭特式的態度了。

然而倘是畫像，卻也會間或遇見的。我曾經見過三次：一次是《孔子家語》裏的插畫；一次是梁啟超氏亡命日本時，作為橫濱出版的《清議報》上的卷頭畫，從日本倒輸入中國來的；還有一次是刻在漢朝墓石上的孔子見老子的畫像。説起從這些圖畫上所得的孔夫子的模樣的印象來，則這位先生是一位很瘦的老頭子，身穿大袖口的長袍子，腰帶上插着一把劍，或者腋下挾着一枝杖，然而從來不笑，非常威風凜凜的。假使在他的旁邊侍坐，那就一定得把腰骨挺的筆直，經過兩三點鐘，就骨節酸痛，倘是平常人，大約總不免

---

① 　這是易卜生戲劇《勃蘭特》主角信奉的一句格言。

急於逃走的了。

　　後來我曾到山東旅行。在為道路的不平所苦的時候，忽然想到了我們的孔夫子。一想起那具有儼然道貌的聖人，先前便是坐着簡陋的車子，顛顛簸簸，在這些地方奔忙的事來，頗有滑稽之感。這種感想，自然是不好的，要而言之，頗近於不敬，倘是孔子之徒，恐怕是決不應該發生的。但在那時候，懷着我似的不規矩的心情的青年，可是多得很。

　　我出世的時候是清朝的末年，孔夫子已經有了「大成至聖文宣王」這一個闊得可怕的頭銜，不消說，正是聖道支配了全國的時代。政府對於讀書的人們，使讀一定的書，即四書和五經；使遵守一定的註釋；使寫一定的文章，即所謂「八股文」；並且使發一定的議論。然而這些千篇一律的儒者們，倘是四方的大地，那是很知道的，但一到圓形的地球，卻甚麼也不知道，於是和《四書》上並無記載的法蘭西和英吉利打仗而失敗了。不知道為了覺得與其拜着孔夫子而死，倒不如保存自己們之為得計呢，還是為了甚麼，總而言之，這回是拚命尊孔的政府和官僚先就動搖起來，用官帑[2]大翻起洋鬼子的書籍來了。屬於科學上的古典之作的，則有侯失勒的《談天》，雷俠兒的《地學淺釋》，代那的《金石識別》，到現在也還作為那時的遺物，間或躺在舊書鋪子裏。

　　然而一定有反動。清末之所謂儒者的結晶，也是代表的大學士徐桐氏出現了。他不但連算學也斥為洋鬼子的學問；

---

② 帑（tǎng），國庫裏的錢財。

他雖然承認世界上有法蘭西和英吉利這些國度，但西班牙和葡萄牙的存在，是決不相信的，他主張這是法國和英國常常來討利益，連自己也不好意思了，所以隨便胡謅出來的國名。他又是一九〇〇年的有名的義和團的幕後的發動者，也是指揮者。但是義和團完全失敗，徐桐氏也自殺了。政府就又以為外國的政治法律和學問技術頗有可取之處了。我的渴望到日本去留學，也就在那時候。達了目的，入學的地方，是嘉納先生所設立的東京的弘文學院；在這裏，三澤力太郎先生教我水是養氣和輕氣③所合成，山內繁雄先生教我貝殼裏的甚麼地方其名為「外套」。這是有一天的事情。學監大久保先生集合起大家來，說：因為你們都是孔子之徒，今天到御茶之水的孔廟裏去行禮罷！我大吃了一驚。現在還記得那時心裏想，正因為絕望於孔夫子和他的之徒，所以到日本來的，然而又是拜麼？一時覺得很奇怪。而且發生這樣感覺的，我想決不止我一個人。

但是，孔夫子在本國的不遇，也並不是始於二十世紀的。孟子批評他為「聖之時者也」④，倘翻成現代語，除了「摩登聖人」實在也沒有別的法。為他自己計，這固然是沒有危險的尊號，但也不是十分值得歡迎的頭銜。不過在實際上，卻也許並不這樣子。孔夫子的做定了「摩登聖人」是死了以後的事，活着的時候卻是頗吃苦頭的。跑來跑去，雖然

---

③　養氣和輕氣，即氧氣和氫氣。

④　話見《孟子·萬章》。

曾經貴為魯國的警視總監，而又立刻下野，失業了；並且為權臣所輕蔑，為野人所嘲弄，甚至於為暴民所包圍，餓扁了肚子。弟子雖然收了三千名，中用的卻只有七十二，然而真可以相信的又只有一個人。有一天，孔夫子憤慨道：「道不行，乘桴浮於海，從我者，其由與？」從這消極的打算上，就可以窺見那消息。然而連這一位由[5]，後來也因為和敵人戰鬥，被擊斷了冠纓，但真不愧為由呀，到這時候也還不忘記從夫子聽來的教訓，說道「君子死，冠不免」，一面繫着冠纓，一面被人砍成肉醬了。連唯一可信的弟子也已經失掉，孔子自然是非常悲痛的，據說他一聽到這信息，就吩咐去倒掉廚房裏的肉醬云。

　　孔夫子到死了以後，我以為可以說是運氣比較的好一點。因為他不會嚕蘇[6]了，種種的權勢者便用種種的白粉給他來化妝，一直抬到嚇人的高度。但比起後來輸入的釋迦牟尼來，卻實在可憐得很。誠然，每一縣固然都有聖廟即文廟，可是一副寂寞的冷落的樣子，一般的庶民，是決不去參拜的，要去，則是佛寺，或者是神廟。若向老百姓們問孔夫子是甚麼人，他們自然回答是聖人，然而這不過是權勢者的留聲機。他們也敬惜字紙，然而這是因為倘不敬惜字紙，會遭雷殛[7]的迷信的緣故；南京的夫子廟固然是熱鬧的地方，然而這是因為另有各種玩耍和茶店的緣故。雖說孔子作《春

⑤　由，即子路。由為子路的名。

⑥　嚕蘇，方言，即「囉嗦」。

⑦　雷殛（jí），雷擊。

秋》而亂臣賊子懼，然而現在的人們，卻幾乎誰也不知道一個筆伐了的亂臣賊子的名字。說到亂臣賊子，大概以為是曹操，但那並非聖人所教，卻是寫了小說和劇本的無名作家所教的。

總而言之，孔夫子之在中國，是權勢者們捧起來的，是那些權勢者或想做權勢者們的聖人，和一般的民眾並無甚麼關係。然而對於聖廟，那些權勢者也不過一時的熱心。因為尊孔的時候已經懷着別樣的目的，所以目的一達，這器具就無用，如果不達呢，那可更加無用了。在三四十年以前，凡有企圖獲得權勢的人，就是希望做官的人，都是讀「四書」和「五經」，做「八股」，別一些人就將這些書籍和文章，統名之為「敲門磚」。這就是說，文官考試一及第，這些東西也就同時被忘卻，恰如敲門時所用的磚頭一樣，門一開，這磚頭也就被拋掉了。孔子這人，其實是自從死了以後，也總是當着「敲門磚」的差使的。

一看最近的例子，就更加明白。從二十世紀的開始以來，孔夫子的運氣是很壞的，但到袁世凱時代，卻又被從新記得，不但恢複了祭典，還新做了古怪的祭服，使奉祀的人們穿起來。跟着這事而出現的便是帝制。然而那一道門終於沒有敲開，袁氏在門外死掉了。餘剩的是北洋軍閥，當覺得漸近末路時，也用它來敲過另外的幸福之門。盤據着江蘇和浙江，在路上隨便砍殺百姓的孫傳芳將軍，一面復興了投壺之禮；鑽進山東，連自己也數不清金錢和兵丁和姨太太的數目了的張宗昌將軍，則重刻了《十三經》，而且把聖道看作可以由肉體關係來傳染的花柳病一樣的東西，拿一個孔子後

裔的誰來做了自己的女婿。然而幸福之門，卻仍然對誰也沒有開。

　　這三個人，都把孔夫子當作磚頭用，但是時代不同了，所以都明明白白的失敗了。豈但自己失敗而已呢，還帶累孔子也更加陷入了悲境。他們都是連字也不大認識的人物，然而偏要大談甚麼《十三經》之類，所以使人們覺得滑稽；言行也太不一致了，就更加令人討厭。既已厭惡和尚，恨及袈裟，而孔夫子之被利用為或一目的的器具，也從新看得格外清楚起來，於是要打倒他的慾望，也就越加旺盛。所以把孔子裝飾得十分尊嚴時，就一定有找他缺點的論文和作品出現。即使是孔夫子，缺點總也有的，在平時誰也不理會，因為聖人也是人，本是可以原諒的。然而如果聖人之徒出來胡說一通，以為聖人是這樣，是那樣，所以你也非這樣不可的話，人們可就禁不住要笑起來了。五六年前，曾經因為公演了《子見南子》這劇本，引起過問題[⑧]，在那個劇本裏，有孔夫子登場，以聖人而論，固然不免略有欠穩重和呆頭呆腦的地方，然而作為一個人，倒是可愛的好人物。但是聖裔們非常憤慨，把問題一直鬧到官廳裏去了。因為公演的地點，恰巧是孔夫子的故鄉，在那地方，聖裔們繁殖得非常多，成着使釋迦牟尼和蘇格拉第都自愧弗如的特權階級。然而，那也許又正是使那裏的非聖裔的青年們，不禁特地要演《子見南

---

⑧　1929年山東曲阜第二師範學校學生排演林語堂所作獨幕劇《子見南子》，當地孔氏族人以「侮辱宗祖孔子」為由，聯名向國民黨政府教育部提出控告，最後該校校長被調職。

子》的原因罷。

　　中國的一般的民眾，尤其是所謂愚民，雖稱孔子為聖人，卻不覺得他是聖人；對於他，是恭謹的，卻不親密。但我想，能像中國的愚民那樣，懂得孔夫子的，恐怕世界上是再也沒有的了。不錯，孔夫子曾經計劃過出色的治國的方法，但那都是為了治民眾者，即權勢者設想的方法，為民眾本身的，卻一點也沒有。這就是「禮不下庶人」。成為權勢者們的聖人，終於變了「敲門磚」，實在也叫不得冤枉。和民眾並無關係，是不能說的，但倘說毫無親密之處，我以為怕要算是非常客氣的說法了。不去親近那毫不親密的聖人，正是當然的事，甚麼時候都可以，試去穿了破衣，赤着腳，走上大成殿去看看罷，恐怕會像誤進上海的上等影戲院或者頭等電車一樣，立刻要受斥逐的。誰都知道這是大人老爺們的物事，雖是「愚民」，卻還沒有愚到這步田地的。

　　　　　　　　　　　　　　　　　　四月二十九日

責任編輯：楊 歌

封面設計：高 林

版式設計：鄧佩儀

排　　版：陳美連

印　　務：劉漢舉

名家散文必讀系列

魯迅

作者　魯迅

出版 | 中華教育

香港北角英皇道 499 號北角工業大廈 1 樓 B 室

電話：(852) 2137 2338　傳真：(852) 2713 8202

電子郵件：info@chunghwabook.com.hk

網址：http://www.chunghwabook.com.hk

發行 | 香港聯合書刊物流有限公司

香港新界荃灣德士古道 220-248 號 荃灣工業中心 16 樓

電話：（852）2150 2100　傳真：（852）2407 3062

電子郵件：info@suplogistics.com.hk

印刷 | 美雅印刷製本有限公司

香港觀塘榮業街 6 號海濱工業大廈 4 樓 A 室

版次 | 2022 年 10 月第 1 版第 1 次印刷

©2022 中華教育

規格 | 32 開（195mm x 140mm）

ISBN | 978-988-8808-29-8